KB231873

눈에서 멀어지면
마음도 멀어진다

사람을 바로보는 참다운 지혜

이상각 엮음

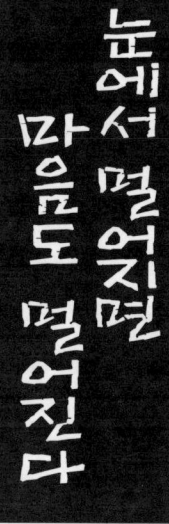

눈에서 멀어지면
마음도 멀어진다

지혜의 나무

우화들을 깊이 명상하라. 우화는 문자 그대로를 의미하지 않는다.
명상하지 않으면 그대는 우화의 참된 의미를 놓치고 말 것이다.
우화는 위대한 은유이며 참으로 시적이다.
우화는 논리적이 아니다. 상징적이다. 우화는 뭔가를 암시한다.
선에서 우화는 다음과 같이 위대한 선의 스승 린치의 말을 담고 있다.
"내 손가락을 물어뜯지 말고 내 손가락이 가리키는 곳을 보라."

-오쇼 라즈니쉬

그대여 자신의 길을 걸어라

우리들은 살아가면서 진정으로 이루어야 할 것을 찾지 못하고 방황하고 있다. 무엇이 삶에 있어서 순수한 열정을 바치도록 우리를 자극하는 것일까. 그저 하루하루를 살아간다는 것은 너무나도 무의미하다. 우리들은 실로 무의미한 일상을 접고 보다 자신에게 가치 있는 무엇을 찾아가야 하지 않을까.

길은 여러 갈래로 갈라져 있다. 아무도 걸어가지 않은 전인미답의 길이 있고, 숱한 사람들의 발자국으로 우박에 맞은 듯한 길도 있다. 자갈길도 있고 아스팔트길도 있다. 무임승차하여 길이 어떻게 생긴지도 모르는 그런 길도 있을 것이다.

그대는 그 중 어떤 길을 향하여 걸어가고 있는가. 아니면 어느 갈림 길에서 방황하고 있는가. 사람들은 그대에게 자신이 가는 길을 따라오라고 손짓하고 있다. 그 길은 모두가 경험한 길이기에 편안하고 안락하다고 말한다. 하지만 그대는 많은 사람들이 그 길에서 어떠한 종말을 맞이하는지를 보아왔다. 앞서 간 사람들도 그것을 알고 있었다.

그런데 왜 그들은 그대에게 손짓하는가.

그것은 함께 진흙탕을 굴러야만 같은 동아리로 받아들이고 끌어안는 비열한 분위기 때문이다. 그대여, 고개를 숙이면 그들과 함께 할 수 있다. 그러나 다시 눈을 들어 길을 보라. 그리고 자신을 보라.

그대는 준비되어 있는 사람이다. 누구도 그대의 눈으로 보는 하늘을 볼 수 없다. 누구도 그대의 발에서 느끼는 바닷물의 감촉을 느낄 수 없다. 누구도 그대의 마음으로 느끼는 아름다운 자연을 감상할 수 없다. 그대의 눈과 손과 마음이 가진 순수한 빛을 깨달으라. 그리하여 자신이 누구의 시름없는 독촉에도 이끌리는 사람이 아님을 자각하라.

깨달음으로 가는 사람은 자신의 길을 걷는 사람이다. 자신이 태어날 때부터 성스럽게 간직하고 있는 각성의 자궁을 찾아가는 사람이다. 그대의 행로는 아무도 가본 적이 없는 자신만의 성역이다. 그 길을 찾아 떠나는 사람이 되라.

차례

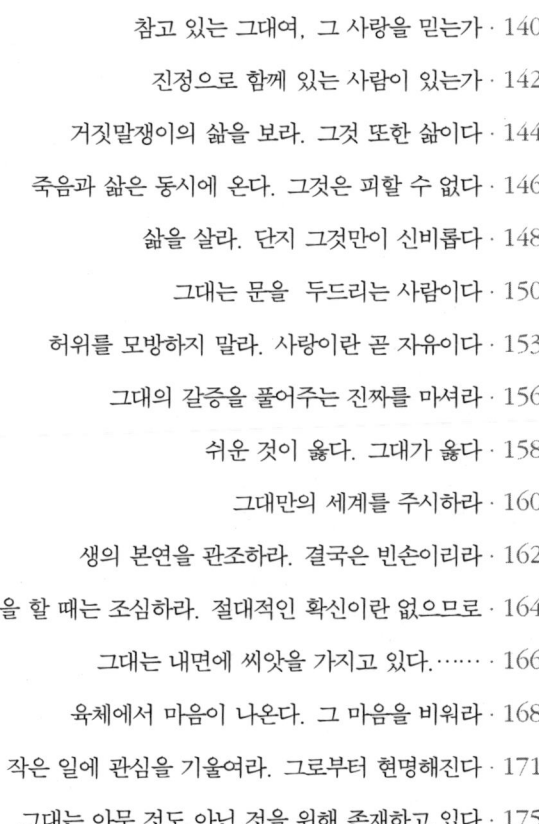

물라 나스루딘이 회교 사원에서 젊은 여인을 보자마자 한눈에 반했다. 그는 매일같이 사원에 찾아가 기도하면서 사방을 살폈다. 언제나 그곳에는 차도르를 쓴 그 여인이 기도를 올리고 있었다. 그러면 나스루딘은 사원 밖에서 그녀가 나오기만을 기다렸다. 이윽고 여인이 사원 밖에 나타나면 나스루딘은 멀찍이서 그녀의 검은 눈을 보면서 가슴을 졸였다.

"아, 아름다운 처녀여. 나는 그대를 열렬히 사모하노라."

그가 이렇게 혼자 중얼거리는 것을 듣고 곁에 있던 사람이 말했다.

13

"뮬라. 당신은 어떻게 저 여자가 아름다운 처녀라는 것을 알 수 있습니까. 당신에게 보이는 것이라곤 오로지 눈동자밖에 없지 않소?"

그러자 나스루딘은 이렇게 대답했다.

"당신은 보이는 것만 보시오. 저 여인의 몸에서 풍기는 향긋한 올리브 향기며, 풋풋한 달빛의 그림자를 느끼지 못한다는 말씀이오? 저 여인이야말로 내가 그 동안 찾아 헤매던 이상적인 처녀임에 틀림없소."

그러는 사이에 여인은 목이 말랐는지 차도르를 벗고 물을 마셨다. 덕분에 그녀의 검은 눈동자 외에 다른 모습들이 나스루딘의 시야에 들어왔다. 얼굴은 곰보딱지였으며 코는 들창코였고 입술은 아프리카 흑인처럼 두꺼웠다. 그러자 곁에 있던 사람이 웃으며 말했다.

"뮬라. 저 여인은 참 아름답군요. 과연 당신이 좋아할 만합니다."

그 말에 나스루딘은 고개를 저으며 대답했다.

"무슨 소리요. 저 여인은 내가 한때 사모했던 여자일 뿐이오."

그대의 눈은 거짓말쟁이다. 그대의 입은 사기꾼이다. 그대의 손은 소매치기다. 그대는 지금도 갖은 거짓말로 사기를 쳐서 누군가의 소중한 것을 빼앗고 있다. 하지만 당신의 어깨에 짊어진 삶의 무게는 더욱 무거워져 이젠 저울추조차 감당하지 못한다. 잃은 자는 버릴 것이 없지만 채우고 채우다 창고가 넘쳐버린 그대가 찾아가야할 곳은 오직 폐기물처리장이다.

아름다움을 찾지 말라. 그것은 당신을 추하게 만든다. 향기로운 것을 찾지 말라. 그로 인하여 당신의 온 몸에는 악취가 배게 될 것이다. 돈을 찾지 말라. 그대는 세상에서 제일 가난한 영혼을 갖게 될 것이다.

여자는 여자일 뿐이다. 올리브 향은 그냥 올리브 향으로 그녀와 함께 살고 있다. 마찬가지로 그대는 땅을 일구고 빵을 굽는 세상의 한 배경일 뿐이다.

그녀는 하나의 존재로서 의미가 있다. 그대의 눈으로, 입으로, 코로, 손으로 아무리 그녀를 평가한들 무슨 가치가 있겠는가. 그녀를 바라보는 그대의 마음을 버려라.

삶에서 이유 없는 몇 가지를 남겨 놓으라

물라 나스루딘이 한 유대인 처녀를 사랑하고 있었다. 그래서 그는 그녀의 아버지를 찾아가 말했다.

"저는 따님과 결혼하고 싶습니다. 허락해 주십시오."

그러자 늙은 유대인이 그를 쳐다보고 물었다.

"여보게. 도대체 왜 내 딸과 결혼하고 싶다는 건가? 그 이유를 한 번 들어보세."

이 말에 물라 나스루딘이 눈을 똑바로 뜨고 대답했다.

"이유라고요? 저는 그녀를 사랑합니다. 그 이외에 다른 대답을 듣고 싶으십니까?"

그대는 여태까지 눈으로서, 눈에 보이는 것만을 중시해 왔다. 그러나 진정한 사랑은 그대의 오감이 마치 오케스트라처럼 조화를 이룰 때에만 가능하다. 그때 비로소 그대의 사랑은 일시적이거나 순간적이 아닌 영원을 향해 떠날 수 있게 된다.

그대가 한 여자를 사랑한다면 그녀의 손길, 냄새, 걸음걸이, 그대를 바라보는 시선을 비롯한 모든 것을 사랑해야만 한다. 그것을 어떻게 느낄 수 있을까. 그것은 오로지 그대의 오감으로서만 가능하다. 정신을 집중하라. 온 가슴을 던져라.

나의 무한 속으로 들어오라

물라 나스루딘이 하루의 일을 마치고 동료들과 함께 시내의 술집에서 술을 마셨다. 술자리가 파하자 나스루딘은 이차를 제의했다. 그런데 다른 동료가 집에 들어가야 한다며 한사코 거절하는 것이었다. 나스루딘이 저으기 화가 나서 물었다.

"아니, 집에 무슨 일이 있는 것도 아니잖나?"

그러자 동료는 머쓱한 표정으로 대답했다.

"아내가 기다리고 있어. 더 이상 시간을 끌면 내가 변명할 말이 없거든."

그러면서 그는 나스루딘에게 되물었다.

"그러는 자네는 집에 늦게 들어가면 뭐라고 말할 텐가? 우리끼리 술을 마시며 놀았다고 할 수는 없는 일 아닌가?"

그러자 나스루딘이 대답했다.

"내가 그걸 지금 어떻게 알겠나? 나는 아직 집에 들어가려면 멀었네."

나의 선물을 받으라. 그것은 원리가 없는 삶이며, 규범이 없는 삶이다. 그것은 자유이다. 무한한 자유이다. 그대는 시험을 치르러 가는 학생이 되어선 안 된다. 그들은 나조차 모르는 수 천 가지의 사실을 기억하지만 몇 개월이 지난 뒤 그 지식을 물어 보면 대부분 기억하지 못하고 있다.

왜 그런 것일까? 그러한 지식은 극도의 긴장과 함께 얻어진 것이었다. 그는 단순히 시험을 치르기 위해 그러한 지식을 암기했다. 그러다가 시험이 끝나면 더 이상 그러한 노력을 하지 않는다. 그러므로 생기 없는 지식은 금방 그의 기억에서 떠나버리고 마는 것이다.

그대는 어떠한가. 쓸모 없는 내용을 기억하려 하지 말라. 그것은 자신을 낭비하는 것일 뿐이다.

참된 나의 학생이 되라. 그들은 해석하지 않는 자, 번역하지 않는 자, 수동적으로 듣는 자, '어떻게'라고 묻지 않는 자, 조급히 어떤 결과를 얻으려 하지 않는 자, 목표 지향적이 아닌 자, 탐욕스럽지 않은 자이다.

그리하여 하늘을 얻으리라. 작고 어두운 집에서 벗어나 날개를 얻을 것이다. 보라, 저 무한한 깨달음의 우주를…….

먼 곳을 바라보는 이여, 바로 여기에 길이 있다

뮬라 나스루딘이 어느 날 병원에 입원했다. 수술 담당 의사가 그에게 말했다.

"우리 병원에서는 모든 것이 신속하게 이루어집니다. 절대로 시간을 낭비하는 일이 없지요. 수술이 끝난 첫날 당신은 방안에서 5분간 걸어야 합니다. 다음날은 정원에서 30분간, 셋째 날은 1시간을 걸어야 합니다. 우리는 절대로 시간을 낭비하지 않습니다. 인생은 짧고 시간은 돈이니까요. 따라서 절약해야 마땅하지요."

그때 뮬라 나스루딘이 그의 말을 끊으며 말했다.

"선생님, 이제 그만 하십시오. 대체 수술은 언제 할 겁니까?"

인도에는 손님이라는 뜻의 매우 아름다운 단어가 있다. 어떤 세상에도 이와 같이 아름다운 단어는 없을 것이다. 그것은 바로 '아티티 Atithi'이다.

이 말은 사전에 미리 예고하지 않고 오는 사람, 자신이 언제 오리라는 것을 전혀 알리지 않고 오는 사람이라는 의미를 담고 있다. '아티티'는 본래 '날짜 없는'이란 뜻이었다.

그는 언제 올지 날짜에 대한 약속이 없는 사람이다. 그는 그냥 와서 문을 두드린다. 그러나 이제 아티티는 없다. 그대의 문을 두드리는 미지의 낯선 자는 더 이상 아무도 없다. 인간의 손님은 죽었기 때문이다.

그러므로 그대여. 이제는 손님을 맞이할 준비를 하지 말라. 스스로의 삶이 자연스럽게 흘러가도록 하라. 이제는 그대가 바다로 향해야만 하는 것이다.

결코 삶을 관리하려고 하지 말라. 그대가 관리하려고 하면 할수록 그대는 자신을 잘못 관리하게 된다.

삶을 개선하려고 함으로써 그대는 여태까지 삶의 모든 아름다움을 파괴하고 말았다. 그대는 그 동안 자신의 목표와 이데올로기로 스스로의 존재에 독을 뿌리고 있었다.

자연스럽게 행하라. 이것만이 진리이다. 그리고 살아가라. 그저 살기만 한다는 것, 참으로 멋지지 않은가.

누가 못나고 누가 잘난 사람이란 말인가

학교에 다니던 물라 나스루딘이 입대를 하게 되었다. 그는 훈련병 중에 유일하게 대학 공부를 한 사람이었다.

훈련소에서 그는 다른 사람들과 함께 줄을 서서 지휘관의 명령을 기다리고 있었다. 얼마 후 몹시 험악하게 생긴 상사 한 사람이 그들 앞에 나와 소리쳤다.

"전체, 좌향좌!"

훈련병들은 그의 기합소리에 따라 좌향좌를 하였다. 그런데 나스루딘만은 꼼짝도 하지 않았다. 이런 그를 발견하고 상사가 소리쳤다.

"이봐, 저 가운데 있는 친구, 귀가 먹었나. 좌향좌란 말야, 좌향좌!"

그러자 나스루딘이 대답했다.

"저는 이미 학교에서 이런 훈련을 받아서 잘 알고 있습니다. 당신은 곧 우향 우라고 명령하실 것 아닙니까? 그러니 쓸데없이 움직이는 것보다는 제 자리에 가만히 있는 편이 낫지요."

❖

인간은 자신보다 못난 사람을 좋아한다. 반대로 그들은 자신보다 잘난 사람을 두려워한다. 그래서 친구든 아내든 남편이든 누구나 자신보다 못난 사람을 원한다. 그래야 자신이 드러나 보이기 때문이다. 이런 관점에서 자칭 천재로 자칭하던 버나드 쇼는 일찍이 이렇게 빈정거린 적이 있다.

"천국에서 내가 첫째가 될 수 없다면 나는 천국에 가지 않겠다. 내가 첫째가 될 수 있다면 내가 있는 곳이 차라리 지옥이라도 좋다."

이렇게 해서 그대는 못난 사람들 주위에 있는 참으로 못난 사람이 된다. 그대 역시 그렇게도 최고가 되기를 원하는가? 결국 그 이르는 곳은 지옥일 뿐인데…….

기억하라. 이렇듯 자신을 내세우려는 욕망, 어떤 방법으로든 사람들을 감동시키려는 욕망, 변화시키려는 욕망, 훌륭하게 만들려는 욕망은 폭력에 다름 아니다.

욕망이 없을 때 그 시도는 무엇이라도 아름답다. 빈 마음일 때 사람들은 그대의 전체에 도움 받게 된다. 하지만 그들의 변화는 그대 때문이 아니라 그들 자신의 통찰 때문임을 알라.

기꺼이 위험과 함께 하는 삶을 살라

물라 나스루딘의 할머니는 틈만 나면 손자 걱정에 마음이 편할 날이 없었다. 손자인 나스루딘은 기차 여행을 자주 하곤 했던 것이다. 그럴 때면 할머니는 떠나기 전에 그를 불러다 놓고 이렇게 말했다.

"얘야. 제발 조심하거라. 요즘 사고가 너무 많이 나잖니?"

어느 날 그가 무사히 집에 돌아오자 할머니는 그 동안 모아둔 신문 스크랩을 펴 보이며 또 다시 간곡하게 말했다.

"이것 좀 봐라, 나스루딘. 자동차, 비행기, 기차 사고들이 매일같이 일어나고 있어. 사고로 죽는 사람들이 너무나도 많구나. 나는 제발 네가 한 달 동안에 보름씩이나 걸리는 기차 여행을 그만 두었으면 좋겠구나. 도대체 걱정이 되어서 견딜 수가 없구나."

이 말에 나스루딘이 이렇게 대답했다.

"할머니, 걱정 마세요. 할머니도 이런 신문 기사나 통계를 믿으신다면 세상 사람들의 97퍼센트가 침대에 누워서 죽는다는 사실도 아실 거예요. 그러니 사실 제일 위험한 건 침대에 누워 있는 거지요. 확률상으로 보면 오히려 비행기나 자동차, 기차를 타고 있다가 죽기가 더 어렵다는 거죠. 그렇지 않은가요?"

이 말에 할머니는 몹시 당황한 얼굴이 되었다.

"그건 그렇구나……하지만……, 그래. 네 말이 맞는 것 같구나."

할머니는 결국 손자의 말을 이해했던 것이다.

✧

그대의 삶이 안락하다면 그대는 웅덩이에 고여 있는 물과 같다. 거기에는 어떠한 움직임이나 흐름도 없다. 웅덩이에 고인 물은 점차 더러워지고 썩어가 마침내 그 생명력을 잃어버리고 만다.

그러나 강을 보라. 그 안에서 흐르는 강물은 살아있다. 앞으로 강물이 어떻게 될지는 아무도 모른다. 어쩌면 강물은 사막에 도달해 말라버릴지도 모른다. 하지만 앞으로 어떤 일이 벌어질 지는 아무도 예측할 수 없는 것이다.

실로 예측할 수 있는 삶이란 기계적인 삶이다. 강물과 같이 앞날을 예측할 수 없을 때 그대의 삶은 진정한 생명력으로 고동치고 있는 것이다. 바로 그때 신 또는 전체가 그대를 통해 표현된다.

주의하라. 마음의 주인은 아무것도 모르고 있다

물라 나스루딘이 이웃에 사는 농부에게 자신의 당나귀를 팔았다. 그는 농부에게 당나귀가 매우 영리하고 지혜로우며 아주 일을 잘 한다고 선전했다.

그 말에 이끌려 당나귀를 산 이웃 사람이 당나귀를 끌고 가려고 하였다. 그런데 당나귀는 두 발로 버티어 서서 고집을 세우고 꿈쩍도 하지 않았다. 화가 난 새 주인이 나스루딘에게 항의했다.

"아니, 이 당나귀가 당신 말과 다르잖아. 보시오. 전혀 움직이질 안잖소?"

그러자 나스루딘은 커다란 회초리를 가져와서 당나귀의 엉덩이를 사정없이 때렸다. 그제서야 당나귀가 엉금엉금 걸음을 옮기기 시작했다. 그 모습을 본 새 주인이 따졌다.

"아니, 당신은 이 짐승이 너무 좋은 품종이어서 친절하게 대해 주어야 한다고 말했잖소? 그런데 어떻게 그렇게 마구 때릴 수가 있는 거요?"

그러자 나스루딘이 대답했다.

"이건 때리는 게 아니라 단지 주의를 좀 주는 것뿐이라오."

❖

삶은 하나이다. 그러므로 성스러운 것은 아무것도 없다. 삶은 단순하다. 그러므로 세속적인 것도 없다. 세속적인 것은 성스러워야 하고 성스러운 것은 세속적이어야 한다.

두 가지를 구분 짓지 말라. 사원은 시장 한 가운데 있어야 한다. 그리고 그대는 시장 안에서도 신을 느낄 수 있는 것이다.

그대는 아는가. 악마란 단어 'devil'조차 신성하다는 뜻의 'divine'에서 나왔다는 것을……. 모든 구분을 융합시켜라. 평범한 것이 비범하고 세속적인 생활이 성스러운 생활임을 자각하라. 신은 결코 불가능하지 않다. 신은 바로 그대 앞에 있기 때문이다. 그러므로 평범한 그대는 신성하다.

위선과 거짓을 인간을 노예로 만들 수 없다

어떤 사람이 뮬라 나스루딘에게 시비를 걸었다.

"당신은 부인에게 왜 그렇게 인색하고 거만하게 대하시는 겁니까? 우리 아이들이 배울까 겁이 날 지경이오."

나스루딘이 어리둥절한 얼굴로 되물었다.

"아니 무슨 말씀을 하시는 겁니까? 저로 말할 것 같으면 근동에 마음이 넓고 관대하기로 소문이 자자한 사람입니다. 대체 어디서 그런 엉뚱한 소문을 들었죠?"

"변명하지 마세요. 당신은 너무 잔인해서 매일같이 아내를 구타하지 않습니까? 더군다나 생활비조차 주지 않는다면서요?"

나스루딘은 어이가 없었다. 그래서 조용한 목소리로 말했다.

"보십시오. 당신이 그렇게 화를 내는 이유를 나는 도저히 알 수가 없소이다. 내 변명하지 않겠소. 하지만 이것 한 가지만은 알고 가시오."

"꼴에 무슨 할 말이 더 있단 말이오?"

"물론이지. 나는 여태 결혼하지 않았단 말이오. 그러니 있지도 않은 마누라를 가지고 이러쿵저러쿵하면서 다니지 말란 말입니다."

이 일이 있고 나서도 그 사람은 물라 나스루딘에 대한 험담을 늘어놓고 다녔다. 이런 광경을 오래도록 지켜보고 있던 한 사람이 그에게 물어보았다.

"여보시오. 나스루딘은 애당초부터 결혼하지 않았으니 당신의 말은 아무런 근거가 없잖소? 그런데 왜 화를 풀지 않는 겁니까?"

그러자 그는 이렇게 소리쳤다.

"근거가 없다고요? 흥, 현재는 물론 그렇겠죠. 하지만 그는 곧 결혼하게 될 것이고, 그 뒤에는 결국 내 말이 맞다는 게 증명되고 말 겁니다. 두고 보세요. 진실이 밝혀지는 건 시간 문제일 뿐이니까요."

❖

이렇듯 자신에 대한 합리화 때문에 시간을 낭비하는 사람들이 많다. 그의 화는 단지 하나의 의견일 뿐이었는데 한 순간에 그것이 자신의 삶의 목표가 되어 버렸다.

근거 없는 고집, 쓸모 없는 이야기들. 그런 몰입은 상대에게나 자신에게나 아무런 도움이 되지 않는다. 남을 향한 손가락질은 거꾸로 비수가 되어 자신은 물론 주변 사람들까지도 피 흘리게 할뿐이다. 그의 길은 멀고 멀어서 평생을 걸려도 집으로 돌아가지 못할 것이다.

진실로 성숙한 인간은 어떠한 아집에도 사로잡히지 않는 인간이다. 그는 소박하고 순수하게 살며 어떠한 가식이나 가면도 가지고 있지 않은 순수한 인간이다.

성숙한 인간은 어린아이와 같다. 반대로 단순히 나이만 먹는 인간은 점차 노쇠해지고 추해지며 썩어 들어간다. 그런 부류의 인간은 어느 날 갑자기 자신의 에너지가 동이 나면 내면의 유치함이 드러나게 되고, 그때부터 완전히 어리석은 진면목을 보이게 되는 것이다.

얻을 것이 있다면 잃을 것이 있다

　뮬라 나스루딘이 십자군 전쟁터에 끌려가 알레포 성 근처에 배치되었다. 그는 주로 성곽 주변의 도랑을 파는 노역에 종사하였는데 일이 몹시 힘들어 신세 한탄이 절로 나왔다.

　어느 날 그곳을 지나가던 착한 상인 한 사람이 나스루딘을 보고는 몹시 마음에 들어했다. 그리하여 군대에 그의 몸값을 치르고는 해방시켜 집으로 데리고 갔다. 상인에게는 다일리라는 못생긴 딸이 하나 있었는데 아직 시집을 가지 못했다. 그래서 나스루딘과 결혼을 시켜주려는 생각이었다.

나스루딘은 처음에 자신이 편안하게 아내의 시중을 받으며 살게 되었다고 좋아했지만 그것은 오산이었다. 그녀는 현명했지만 잔소리가 심한 여자였기 때문이었다. 그래서 그들은 결혼한 지 며칠 되지도 않아 부부싸움을 벌이게 되었다. 아내는 화가 나서 이렇게 소리쳤다.

"이봐요. 나스루딘, 당신은 우리 아버지가 돈을 내고 해방시켜준 바로 그 남자라는 사실을 명심하기 바래요."

그러자 물라 나스루딘은 한숨을 쉬며 말했다.

"그 말은 맞소. 하지만 당신은 내게 아무 것도 주지 않는구려. 반대로 나는 도랑을 파고 있었을 때 얻은 건강한 근육을 잃어버렸단 말이오."

❖

욕망은 만족을 모른다. 애써 가진 것도 얼마 지나지 않아 지겨워지고, 그토록 애원하던 여자도 몇 년을 함께 살고 나면 후회하는 것이 바로 욕망이다. 그대는 행복을 원하는가. 그대가 원하는 행복은 그대의 몸 속에 있다.

행복의 방법은 여러 가지다. 오로지 한 가지만이 행복의 길이라고 믿는 사람은 그가 대통령이든 종교 지도자든 간에 지독한 바보이다. 자신의 기준을 버려라. 행복의 기준은 세상에 널려있다. 배고픈 사람에게는 한 조각의 빵이, 아픈 사람에게는 의사의 치료가, 아름다운 여자에게는 비단옷이, 이성에 굶주린 사람에게는 거리의 창녀조차 행복의 조건이 될 수 있다.

　왜 자신의 아집에 휩싸여 자신의 행복을 시궁창 속에 집어던지려 하는가. 타인들의 행복을 오염시키려 하는가. 마음의 감옥에서 벗어 나라. 그 튼튼한 자물쇠를 부숴 버려라.

　그대의 현재는 누군가 꿈꾸던 최고의 삶일지도 모른다. 길은 여러 갈래이지만 그대가 갈 수 있는 길은 바로 지금 그대가 존재하는 길 이다. 그 길이 더럽다면 빗자루로 쓸어라. 욕망을 벗어 던져라. 행복 이란 바로 여기에 있다. 지금 여기에서 살라.

그대는 왜 자신을 받아들이지 않는가?

떠돌이 거지가 뮬라 나스루딘의 다리를 붙잡고 하소연하고 있었다.

"나리, 제발 제게 동전 한 닢만 적선해 주십시오. 당신은 부자가 아닙니까?"

갑작스런 거지의 행동에 기분이 나빠진 나스루딘이 소리쳤다.

"이봐, 자네는 건강한 몸을 가지고 있지 않은가? 일을 해서 돈을 벌면 더 이상 거지 노릇 하지 않아도 될 터인데 왜 이렇게 살지? 인생을 낭비하지 말고 자신을 보살피게나."

그러자 그 떠돌이 거지는 자신의 더러운 몰골을 내려다보며 처량하
게 말했다.

"나리, 그건 말도 되지 않습니다. 저 같은 놈이 어떻게 이런 떠돌이
거지를 보살피겠습니까?

❖

육체는 굴레이다. 마음도 마찬가지다. 어느 누구라도 그대를 자유
롭게 할 수 없다. 다른 사람들은 그대를 감옥에 쳐 넣을 수 있지만
진정한 자유를 줄 수는 없다.

이것은 모든 인간에게 마찬가지이다. 수천 년 간 인간의 생은 여
러 가지 모습으로 등장하였지만 이 굴레에서 벗어난 사람은 없었다.
참으로 희한한 것은 이렇듯 많은 나라와 이름과 종교 등의 감옥에
갇혀 있으면서도 진저리를 치지 않고 사는 인간이란 존재이다.

세상에 대하여 권태로워하라. 그리고 자신의 자유를 추구하라. 자
신이 어떻게 갇혀 있는지를 알면 그 공간을 벗어나는 길이 보이리라.

세속에서 벗어나라. 그런 인간의 틀을 벗어라

회사에 다니던 뮬라 나스루딘이 어느 날 사장을 찾아가 말했다.

"사장님, 제게 차를 좀 빌려주십시오."

"아니, 자네에게 차가 왜 필요한가? 대체 무슨 일이 있는 거야?"

"며칠 뒤에 제 결혼식이 있거든요."

"아, 그래? 처음 듣는 이야기로군. 그렇다면 차를 써야지. 그런데 신부는 어떤 아가씨인가?"

그러자 나스루딘은 멋쩍은 표정으로 말했다.

"아직 없습니다. 우선 차를 구하고 나서 생각하기로 했거든요. 차만 있으면 여자야 어디선들 못 구하겠습니까?"

'그대는 열렬히 투쟁해야 하며 그 열정을 입증해야만 한다. 의지를 보여라. 삶은 바로 여기에 있으므로 그대는 기대할 수 있고 분명히 증명할 수 있다. 그것은 멸망을 초래하는 경쟁이다. 누구나 서로의 목을 노리고 있다. 만일 그대가 약해진다면 기다리고 있는 것은 죽음뿐이다. 침묵한 채 앉아 있지 말라. 어떤 일이든 하라. 삶은 행위에 있으며 무위(無爲)는 곧 사망이다.'

이것은 공자의 가르침이다. 이 멋진 속임수에 그대는 속아넘어가선 안 된다. 그들이 약속하는 내일은 결코 오지 않는다. 그들은 모든 종교들이 그랬던 것처럼 천국과 행복과 낙원을 약속한다. 그러므로 그들은 그대에게 현재를 희생하라고 이른다. 상징적인 그 무엇을 위해 그대의 실재를 감옥에 넣으라고 말한다.

미래라는 사탕발림에 회유되지 말라. 그것은 그대를 마취시키고 세뇌시켜 현재를 아름답게 살아가지 못하게 한다. 그때부터 삶이란 사육일 뿐이다.

그대 자신을 위해 살라. 참으로 자신을 위해 사는 사람만이 행복하다. 그것은 다른 사람도 마찬가지일 것이다. 그대는 자신이 행복하기 위해 다른 사람의 행복을 도울 것이다. 행복은 섬처럼 홀로 존재할 수 없는 것이기 때문이다. 행복은 파도가 어우러지는 바다에 있다는 점을 자각하라. 그것이 모두가 함께 사는 법이다.

바보가 되지 말라. 그 사람을 따르지 말라

뮬라 나스루딘이 자동차를 몰고 고속도로를 달리고 있었다. 그런데 교통경찰이 그를 제지하더니 딱지를 떼려 했다. 나스루딘은 화가 나서 큰 소리로 항의했다.

"경찰 양반, 나는 절대 과속하지 않았단 말이오. 이 고속도로는 시속 백 킬로까지 허용되어 있잖소. 나는 좀 전에 분명히 팔십 킬로로 달렸단 말입니다."

이 말에 교통순경은 아무렇지도 않은 듯이 말했다.

"알고 있습니다. 하지만 선생님보다 빨리 달리는 차들은 제가 잡을 수가 없으니 하는 수 없잖습니까?"

그대는 용기도 없고 의욕도 없는 사람이다. 그대는 스스로 깨닫는 것보다는 남의 지식을 도용하는 것이 편하다고 생각한다. 필요하다면 돈으로 살 수도 있다고 여긴다.

그대는 겉으로는 고요하게 보이지만 내부에서는 심각하게 비판하면서 타인들의 언어를 파괴하고 있다. 어쩌면 그대 자신까지도 왜곡하면서 말이다. 결국 그대가 도달하는 것은 진실이 아니라 허구일 뿐이다. 그대는 자신의 거울을 지식이란 먼지로 완전하게 감추고 있다.

세상은 온통 그대와 같은 사람들이 점령하고 있다. 그러므로 어떤 교통경찰도 그대를 잡지 못하리라.

이제는 마음을 열어라. 먼지를 걷고 빛을 완전하게 반사할 수 있도록 스스로를 닦아내라. 그대는 자신의 무지를 알고 있다. 그러므로 혁명이 필요한 것도 알고 있다.

도약하라. 그럴 때 그대는 축복 받은 바보가 된다. 그리하여 천사도 구경하지 못한 곳에 갈 수 있을지도 모른다. 바보는 곧 열린 사람이기 때문이다.

비교하지 말라. 함께 머물러라

물라 나스루딘이 사람들에게 병에 대한 자신의 의견을 말했다.

"나는 몸이 아프면 의사를 찾아갑니다. 왜냐하면 의사들도 살아야 하니까요. 의사는 내게 처방전을 써 줍니다. 그러면 나는 그것을 가지고 약국에 가서 약을 삽니다. 왜냐하면 약사들도 살아야 하니까요. 그리고 집으로 돌아오면서 나는 그 약을 하수구에 쏟아버립니다. 왜냐하면 나도 결국 살아야 하니까요."

유서 깊은 카톨릭 집안의 외동딸이 사랑에 빠졌다. 그런데 상대는 집안에서는 용납할 수 없는 유대교인이었다. 때문에 부모님들은 그녀가 유대교도와 결혼하는 것을 절대 허락할 수 없다고 고집하였다.

"만일 그 남자와 결혼하면 유산은 한 푼도 없을 줄 알아."

이런 문제만 없다면 부모의 엄청난 유산은 고스란히 그녀의 것이었다. 그런데 한 남자 때문에 고스란히 그것을 포기해야 하다니…….
그녀는 고민에 빠졌다. 그러다가 부모님께 자신이 어떻게 해야만 그 위기를 극복할 수 있는지를 솔직하게 물었다. 그러자 딸을 측은하게 여긴 아버지가 타협안을 내놓았다.

"얘야. 그 사람을 카톨릭으로 개종시키거라. 그럼 결혼을 허락해 주겠다."

그때부터 그녀는 남자를 카톨릭으로 개종시키기 위해 온갖 방법을 다 동원했다. 처음에는 남자가 펄쩍 뛰었지만 사랑하는 여자의 끈질긴 노력에 그만 항복하고 말았다. 드디어 남자는 성경책을 읽고, 성당에 나가기 시작했다.

얼마 지나지 않아 남자는 아주 독실한 카톨릭 교도가 되었다. 그녀는 매우 행복했다. 이제 모든 일이 잘 풀려가고 있다고 부모님께 말씀드렸다. 그러자 집안에서는 딸의 결혼 준비를 서두르기 시작했다. 그러던 어느 날 결혼 절차를 상의하기 위해 갔던 여자가 눈물을 펑펑 쏟으며 집에 돌아왔다. 놀란 그녀의 아버지가 물었다.

"애야, 대체 무슨 일이지? 너희들은 이제 결혼할 준비가 다 되었잖아?"

"그래요. 준비가 다 되었지요. 그런데 제가 그를 너무 많이 개종시켰나 봐요."

"그게 무슨 말이냐? 너무 많이 개종시키다니⋯⋯."

"그래요. 제가 너무 심했어요. 그는 이제 신부가 되려고 한단 말이에요."

그대가 사랑이라고 부르는 것은 많든 적든 상대방을 뜯어고치려는 노력이다. 그대는 그것을 사랑이라고 부른다. 하지만 그것은 거짓이다. 진정한 사랑이란 상대방의 모든 것을 있는 그대로 받아들이고 존중하는 행위이다. 사랑하는 사람은 아무것도 고치려 하지 않는다. 그것이 진짜 사랑인 것이다.

사람과 사람의 사랑이 완벽해지려면 세상이 먼저 완벽해야 한다. 하지만 현실은 그렇지가 않다. 그러기에 정치가 나타났다. 그들은 불완전한 세상을 개혁해서 완벽하게 고치려 한다. 정치인들은 현재를 변화시키지 않으면 안 된다고 고집한다. 때문에 그들은 눈에 띄는 모든 것을 비난하고 파괴해야만 한다. 기존의 세상은 불합리하고 불완전투성이로 보이기 때문이다.

하지만 진정한 사랑은 정치인들의 방법으로 이루어지지 않는다. 사랑은 조각이 아니다. 정으로 쪼고 다듬는 것은 사랑이 아니다. 아무런 판단이 없을 때만이 사랑할 수 있다. 만일 어떤 선입견이 개입

된 상태에서 상대방을 바라본다면 결코 정상적이고 완전한 마음을 나눌 수가 없는 것이다.

그렇게 되면 그대는 상대에게 자신이 표준이라고 믿는 어떤 관념을 요구하게 된다. 그리하여 그 희생물은 두 사람만이 아니라 두 사람의 관계 속에서 태어난 아이에게까지도 미칠 것이다. 두 사람의 눈먼 사랑은 조작되고 변질되고 파괴적인 결과를 가져오는 것이다.

"이렇게 해야만 해요."

"저렇게 해야만 해요."

"왜 그렇게 행동하는 거죠?"

이런 사랑에 희생되면 그대는 더 이상 존재하지 않는다. 그대는 찰나지간에 다른 사람으로 변모하고 만다. 본질은 깨어지고 허상만이 남아 사랑이라 노래부르게 될 것이다. 결국 그것은 허공중에 산산이 부서져 아무 것도 남지 않으리라.

눈에 보이지 않는 이상향을 그리워하지 말라. 그것은 어긋나는 것이며 비틀어지는 것이다. 철저하게 현실적인 사람이 되어라. 이상을 꿈꾸지 말라. 그래야만 세상은 그대만의 유일한 세상으로 살아남는다.

사람들은 제각각 나름의 방식대로 살아가고 사랑한다. 이것이 삶의 아름다움이다. 너무나도 완전한……

행복은 공상이 아니다 바로 그대의 인격이다

어느 날 물라 나스루딘이 울상을 지으며 랍비를 찾아갔다. 랍비는 자상한 미소를 지으며 그가 얼굴을 찡그리고 있는 이유를 물었다. 그러자 나스루딘은 이렇게 대답했다.

"신발이 너무 작아 발이 몹시 아픕니다."

"그러면 신발을 바꾸시오."

"안 됩니다. 결코 그럴 수 없습니다."

"아니, 왜 그럴 수 없단 말입니까? 당신은 돈도 많지 않습니까?"

"돈은 제 골치만 아프게 해 줍니다. 그렇지만 하루 종일 발이 아파 고생하다가 저녁때 집에 가서 신발을 벗을 때의 해방감이란 이루 형용할 수 없는 기분이지요. 마치 지옥에 살다가 천국으로 들어간 듯한 느낌입니다. 제 인생에 유일한 행복은 바로 이 신발에서 나옵니다. 그런데 어떻게 제가 이 신발을 바꿀 수 있겠습니까?"

◈

지금 그대의 행복은 가짜이다. 그것은 단지 숨어있는 불행일 뿐이다. 그대의 사랑은 사랑이 아니다. 미움의 가면일 뿐이다. 그대의 자비는 위장된 분노에 불과하다. 그것들은 교묘하게 길들여진 허위 의식에 다름 아니다.

그렇다면 진정한 행복이란 무엇인가? 우리가 아는 행복은 아름다운 꿈의 재료이다. 그것은 항상 그 정점에서 불행의 내리막길로 진행한다. 그대의 행복감 뒤에는 그것이 언제까지나 유지되지 않을 것이라는 불안감이 감추어져 있다. 낮이 가면 밤이 오듯이, 고요 뒤에 폭풍이 몰아치듯이, 그대는 그런 두려움을 행복이라고 말하고 있다.

영국인과 프랑스인, 러시아인, 이렇게 세 사람이 한 자리에 모여 행복에 대한 정의를 내리고 있었다. 먼저 영국인이 말했다.

"진실한 행복이란 일을 마치고 피곤에 지쳐 집에 돌아갔을 때 반겨주는 한 잔의 술 같은 것이지."

그러자 프랑스인이 코웃음을 쳤다.

"정말 영국인들은 로맨스가 없단 말야. 진실한 행복이란 출장에 갔다가 아름다운 여성을 만나 즐거운 시간을 가진 뒤 미련 없이 헤어지는 거야."

이 말을 들은 러시아인은 얼굴을 잔뜩 찌푸리며 소리쳤다.

"당신네들은 정말 진정한 행복이 무엇인지 모르고 있소. 그것은 새벽 네 시에 비밀 경찰이 찾아와서는 현관문을 두드리며 '이고르 지프코스키, 너를 체포한다'라고 말했을 때 '그 사람은 옆집에 살아요'라고 말할 수 있을 때뿐이란 말이오."

행복의 느낌은 사람과 상황에 따라 너무나도 상대적이다. 하지만 본질적으로 진정한 행복이 비교에 있는 것이 아니라 절대적인 의식에 있다는 점을 사람들은 깨닫지 못하고 있다. 행복, 그것은 타인과는 완전하게 무관한 것이다.

우리들은 여태까지 품고 있는 야망을 달성하면 행복이 올 것이라고 교육받아 왔다. 그리하여 어떤 철학자는 '꿈을 가져라'라고 부르짖기까지 하였다.

하지만 그대여. 야망을 보라. 그것은 누군가를 극복하는 것이며, 또 누군가를 지배하는 것이다. 극복의 부질없음. 지배의 부질없음. 우리들은 실제로 그것이 허망하다는 것을 잘 알고 있다. 하지만 아무도 그 허상을 드러내려 하지 않는다.

소위 출세했다는 사람들의 얼굴을 자세히 관찰해 보라. 정상에서 떨어지지 않으려고 그들은 주변의 온갖 끈을 부여잡고 놓치려 하지 않는다. 그들의 눈은 탐욕과 두려움으로 일렁거리고 있다. 그들의 입술에서는 온갖 권모술수가 춤을 춘다.

이런 사람들을 보면 그대는 출세하고 싶은 생각이 싹 가셔버릴 것이다. 어떻게 보면 성공보다 더한 실패는 없을 듯 싶어 보이기까지 할 것이다.

그대는 알렉산더가 행복하다고 생각하는가. 히틀러나 록펠러, 카네기가 행복한 삶을 살았다고 생각하는가. 또 지미 카터나 레이건은 어떠했는가. 행복은 출세와 아무 상관이 없다. 행복은 야망이나 돈, 지위, 권력과 분명히 관계가 없다. 그것은 전혀 다른 차원에 속하는 것이다.

행복이란 그대의 인격이 아니라 의식이다. 그것은 하나의 일어남이다. 초월의 세계가 그대를 향해 내려오고, 바다가 이슬방울을 흡수하여 이슬방울이 바다가 되는 것처럼, 경계가 없는 상태, 그 때에 이르러 그대는 진정한 행복을 만날 수 있다.

분노, 탐욕, 야망, 질투, 소유욕, 욕정이 사라지면 지금까지 그것을 위해 쓰여지던 그대의 에너지가 해방된다. 이 에너지는 그대의 내면에서 신을 유혹한다. 깨달음을 불러온다. 그런 상태, 세속적인 것에 동요되지 않고 죽음에 대해 달관한 순수한 상태, 그것이 행복의 순수한 상태인 것이다.

인간은 그려진 원 안에 숨어 있다
한 구석에

나이 들어 결혼한 뮬라 나스루딘이 신혼 여행을 떠났다. 그런데 첫날밤 신혼부부는 강도를 만났다. 그는 칼을 나스루딘에게 겨누며 가진 것을 죄다 털었다. 문득 나스루딘의 아내를 본 강도는 음심이 발동하였다. 그는 방 한구석에 원을 그려 놓고 나스루딘에게 말했다.

"저 안으로 들어가 있어. 원 밖으로 나오면 용서하지 않을 거야."

이렇게 한 다음 강도는 나스루딘의 아내를 겁탈하였다. 시간이 지나 마침내 욕심을 채운 강도는 빼앗은 물건들을 등에 지고 유유히 밖으로 나가버렸다. 그러자 아내가 울면서 소리쳤다.

"나스루딘, 나는 당신이 그렇게 겁쟁이인줄은 미처 몰랐어요. 내가 그런 꼴을 당하고 있는데 당신은 어떻게 꼼짝도 하지 않나요?"

이 말에 나스루딘은 어깨를 활짝 펴며 대답했다.

"나더러 겁쟁이라고? 천만에. 그놈이 등을 돌릴 때마다 나는 원 밖으로 몇 번이나 나왔다 들어가곤 했단 말야. 당신이 그걸 알기나 해?"

❖

그대의 아집은 원 안에서만 꿈틀거린다. 문득 자신의 두려움을 느낄 때면 그대는 그 원 밖으로 나온다. 하지만 그 두려움 때문에 그대는 다시 그 안으로 들어가 가슴을 쓸어내리고 있는 것이다.

아집의 본질, 그것은 비겁이다. 치장된 상처일 뿐이다. 죽음이 가까이 다가갈수록 그대는 더욱 두려워한다. 그것은 그대를 불구로 만든다. 그리고 그때부터 그대는 변화할 수 없다.

마흔이 넘은 사람들은 변화하기가 매우 어렵다. 이제 그는 모든 것이 안정되어 있기 때문이다. 그 동안 그대는 오랫동안 싸워왔다. 그리하여 비로소 안정을 찾았다. 그러므로 그대가 다시 전장으로 나아간다는 것은 매우 심각한 결정이 아닐 수 없다. 어쩌면 지금 그대는 오로지 자신을 구원해 줄 죽음만을 기다리고 있는지도 모른다.

규칙적인 인간은 표면말을 바꾸며 살아간다

매사를 부정적으로만 생각하는 물라 나스루딘 때문에 아내는 질려 있었다. 그래서 아내는 나스루딘의 귀가 닳도록 잔소리를 했다.

"여보, 제발 긍정적으로 생각하세요. 뭔가 나쁜 일이 있으면 좋은 일이 생기는 것 아닌가요? 당신처럼 살다가는 아름다운 장미꽃을 보고 도 가시만 많다고 투덜거리는 사람이 되고 말 거예요."

나스루딘은 아내의 말이 옳다고 생각했다. 그래서 이렇게 다짐했다.

"알겠소. 이제부터는 매사를 긍정적으로 보도록 노력할 테니 걱정 말아요."

며칠 후 아내는 나스루딘에게 시장을 좀 다녀와 달라고 부탁했다. 그런데 아이들 다섯 명이 아버지를 따라나섰다. 아내는 은근히 걱정이 되어 나스루딘에게 신신당부했다.

"아이들을 잘 보세요. 개구쟁이들이라 무슨 일이 생길지 모르니까요."

잠시 후 나스루딘이 시장에 다녀왔는데 아이들이 엉엉 울면서 그의 뒤를 따라오고 있었다. 아내는 깜짝 놀라 나스루딘에게 물었다.

"아니, 시장에서 무슨 일이 생겼어요? 대체 무슨 일이죠? 나쁜 일은 아니겠죠? 제발 좋은 소식만 제게 말해줘요."

그러자 나스루딘은 퉁명스럽게 대답했다.

"알았소. 매사를 긍정적으로 생각하란 당신의 말을 잊지 않았으니까 당신이 원하는 대로 말해 주겠소. 시장에서 나온 후 기쁘게도 우리 다섯 아이들 중에 넷이 차에 치지 않았단 말이오. 그러니 너무 걱정하지 말아요."

인생을 주의 깊게 살펴보면 그대는 두 개의 서로 다른 범주를 발견하게 될 것이다. 하나는 그대가 기억해야 하지만 결국 잊혀지고 마는 것이며, 또 다른 하나는 그대가 기억하는 것이 아니라 단순히 그 자체로 존재하는 것이다.

이것은 기억이 아니라 그대 자신의 일부이다. 따라서 이것은 기억 속에 붙잡아 매두려고 애쓸 필요가 없다. 그것은 단지 존재할 뿐이다. 그대가 그것을 내던져 버리고 싶다 할지라도 절대로 그럴 수 없다. 그것이야말로 참된 지식이니까.

욕망을 에너지로 변환시켜라

뮬라 나스루딘의 아내는 맛있는 음식을 보았을 때 반드시 먹지 않으면 견디지 못하는 성격이었다. 때문에 날이 갈수록 그녀의 몸은 둥근 공처럼 뚱뚱해져갔다.

차차 그녀는 자신의 몸매 때문에 남편은 물론 주변의 사람들로부터 외면당하기 시작했다. 이렇게 사람들과 어울리지 못하게 되자 급기야는 신경에 이상이 생겨서 정신병원을 찾아가게 되었다. 의사는 그녀와 상담한 후 처방을 내려주었다.

"집안에 있는 냉장고에 날씬하고 어여쁜 여자의 나체사진을 붙여놓아 보십시오. 당신이 냉장고를 열 때마다 그 사진에 자극받아 먹고 싶은 마음이 사라질 테니까요."

과연 그 처방은 효과가 있었다. 그녀는 입맛이 동해 냉장고를 열다가도 날씬한 미인의 몸매를 보면서 입술을 깨물고 문을 닫았다. 이런 행동이 반복되자 불과 한달 사이에 그녀의 체중은 십 킬로나 빠졌다. 몸이 가벼워지자 그녀의 성격까지 명랑해져서 주변 사람들과도 잘 어울리게 되었다.

그런데 또 다른 문제가 생겼다. 뚱보였던 그녀가 날씬해진 대신 본래 날씬했던 나스루딘이 거꾸로 뚱보가 되어갔다. 나스루딘은 아내가 냉장고에 붙여놓은 여자의 나체사진을 보기 위해 매일같이 냉장고를 자주 여닫았다. 그러면서 그 안에 있는 콜라나 아이스크림을 닥치는대로 꺼내 먹었던 것이었다.

※

지금 성욕은 그대의 정신을 지배하고 있다. 그것은 분명 그대의 지배를 받아야 할 욕망의 한 부류였다. 그런데 거꾸로 욕망이 그대의 중심이 되어버린 것이다.

이것은 인간을 창조한 신의 뜻은 분명 아닐 것이다. 그런데도 결국 그렇게 되어 버렸다. 인간은 자신의 내면을 본래의 모습과는 너무나도 다르게 변화시키고 말았다. 그와 함께 육체는 타락의 길을 걸어가게 되었다.

자신의 마음을 정복하라. 그래야만 그대는 본연의 모습으로 돌아갈 수 있다. 그대의 육체는 정신을 따라 사랑이 넘치고 포근한 무중

력의 상태로 귀환할 수 있다. 그대는 주변의 상황에 더 이상 이끌리지 않게 된다. 더 많은 사랑을 감싸 안을 수 있게 된다.

성이 더 이상 성욕이 아닐 때 성욕은 사랑의 에너지로 바뀌게 된다. 억제된 성욕은 변화가 아니라 단지 억제일 뿐이다. 마음을 이겨내야만 한다. 그렇게 되면 그대의 성에너지는 한 차원을 넘어 완전한 사랑이 되는 것이다.

변화된 에너지는 그대의 눈을 밝게 한다. 가슴을 깨어나게 한다. 드디어 그대는 바람에서도, 나무에서도, 스쳐 지나가는 들판에서도 사랑을 느낄 수 있다. 캄캄한 밤에 흐르는 초록 인광에서도, 머언 별빛을 보며 신비로운 황홀감에 젖게 된다.

그것은 인위적인 황홀과는 전혀 다르다. 어떤 사람들은 그런 감각을 갖기 위해 자신의 에너지보다는 약을 사용하곤 한다. 하지만 그것은 스스로를 피폐하게 만드는 지름길일 뿐이다.

헉슬리는 환각제를 먹고 나서 믿을 수 없는 현상을 경험했다. 몇 년 동안 의미 없는 나무인 채로 존재하던 자신의 의자가 갑자기 영롱한 색깔을 발하며 그에게 다가왔다. 그는 너무나 놀라 의자를 껴안았다. 그러자 의자는 보드라운 감촉으로 그를 휘어 감았다.

갑자기 신비로운 분위기가 하나의 사물과 인간을 하나로 만들었다. 마침내 헉슬리는 의자와 함께 약 기운이 떨어질 때까지 미친 듯이 노래부르고 춤을 추었다.

이런 현상은 '의자'라는 그림을 그렸던 빈센트 반 고호에게도 일어났을 것이다. 하지만 고호가 느낀 감흥은 순수한 자기 에너지의 발로였다. 그는 끊임없이 자신의 눈에 비친 모든 사물에서 그런 황홀감을 느꼈다. 왜냐하면 그의 감각과 에너지는 순수했기 때문이다. 그의 그림을 보라. 그대와는 전혀 다른 그의 사랑을 보라.

관능의 욕망을 버리면 사랑의 실체가 온다. 그대는 사랑의 마음으로 음식을 먹게 된다. 평범한 사물도 그대의 손길에 하나의 의미가 되며, 걸음걸이 하나하나가 위대한 의식이 된다.

육체는 이런 그대의 정신에 어떠한 장애도 되지 못한다. 그것은 그대의 통로이며 중개인이 되었기 때문이다. 정신과 육체가 하나가 된다. 둘은 제지하려 하지만 하나는 한 길을 가려 한다. 그리하여 그대의 삶은 아름다워진다.

특별함이 아니라 독특함을 지향하라

세 명의 정치가들이 해변을 따라 산책을 하면서 자신들의 강력한 정적을 의회 내에서 몰아낼 방안을 상의하고 있었다.

그 때 물라 나스루딘이 바닷가에서 게를 잡고 있었다. 그런데 그는 게를 잡을 때마다 버드나무가지로 짠 바구니 속에 던져 넣었다. 한 정치가가 허리를 굽혀 바구니 안을 들여다보더니 고개를 갸웃거리며 물었다.

"여보게. 바구니 뚜껑을 닫는 게 좋겠네. 게들이 다 도망쳐 버리겠어."

그러자 물라 나스루딘이 퉁명스럽게 대답했다.

"괜찮아요. 이놈들은 정치가로 태어났기 때문에 한 마리가 기어오르려고 하면 다른 놈들이 우르르 달려들어 그놈을 끌어내립니다. 그러니 어떤 놈이 도망칠 수가 있겠어요?"

❖

인생에서 이런 일들은 끊임없이 일어나고 있다. 그대는 다른 사람들을 끌어내리려 하고 다른 사람들은 그대를 끌어내리려 한다. 모두가 쓸데없는 투쟁으로 시간을 낭비하고 있는 것이다.

그들의 부질없는 경쟁에서 뛰쳐 나오라. 그대는 자신을 되찾아야 한다. 그대는 특별한 존재가 아니다. 오히려 그들과는 다른 전혀 독특한 존재이다. 지금 당장 그 핵심을 잡아채라.

독특하다는 것은 사람의 본성을 의미한다. 하지만 특별하다는 것은 타인들과 자신을 비교하는 데서 나오는 집착에 불과하다. 독특함은 결코 비교를 수반하지 않는다. 자동차와 코끼리는 비교의 대상이 될 수 없다. 모든 개인은 각자가 독특한 존재이기 때문에 비교할 수도, 비교해서도 안 되는 것이다.

독특함은 종교적이고 특별함은 정치적이다. 그대가 특별하다고 주장할 때는 자신이 누구보다 우월하다는 주장일 것이다. 그것은 무책임한 폭력에 다름 아니다. 어떤 방법으로든 타인과 자신을 비교하지 말라. 그 비교 때문에 그대의 삶에 불행이 침입하게 된다.

자신이 열등하다든지 우월하다든지 하는 마음이 솟아나면 그대는 상처받는다. 그 마음에 속박되면 그대는 지옥으로 빠져든다. 반대로 천국을 느껴라. 천국은 그대가 아무런 비교도 갖지 않은 삶을 영위할 수 있는 내부의 공간이다.

근본적인 자신의 삶을 살라. 그대는 삶의 아름다움과 무한한 순수를 가지고 있는 존재이다. 그것이 비교의 대상을 가지게 되면 세포 마디마디에 지독한 암세포가 번식하기 시작한다.

존재하는 것은 오로지 그대뿐이다. 온 세상이 다 사라지고 그대 혼자 남아있는 공간을 생각해 보라. 그때도 비교가 가능한가. 그대는 강하지도 나약하지도 현명하지도 우매하지도 않다. 아름답지도 추하지도 않다. 단지 그대의 실체 하나만이 있음을 알라.

독특함은 모든 사람의 본성이다. 그 본성을 잊고 자신이 특별하다고 생각하기 시작하면 야심, 비교, 시기, 갈등 등의 부정적인 요인들이 내면에 개입하게 된다. 그리하여 그대는 곧 정치적인 사람이 되고 만다.

그대는 자신의 우월함을 증명하기 위해 다른 사람을 핍박하는 파시스트가 될 것이며, 목적을 달성하기 위해 수단과 방법을 가리지 않는 미치광이가 될 것이다. 그대여, 결코 자신을 특별하게 치장하려고 마음먹지 말라. 오로지 자신의 독특함에 안주하는 사람만이 행복의 물결을 느낄 수 있다.

행복 속에 사는 사람은 주변의 다른 사람들에게 자신이 느끼는 그

신선한 파장을 전파한다. 만일 그대가 그런 사람의 주위에 있다면 커다란 사랑, 평온, 행복을 느낄 수 있을 것이다. 왜냐하면 그대는 독특한 사람이기 때문이다.

신은 여태까지 단 한 번도 그대와 똑같은 인간을 창조한 적이 없고, 앞으로도 그럴 것이다. 이것이 바로 그대의 독특함이다. 그 독특함에 감사하라. 신이 왜 무엇 때문에 누군가를 그대보다 더 아름답고 현명하게 만들려 하겠는가.

특별한 야심가는 그 스스로 바위처럼 단단해진다. 때문에 그는 본래의 부드러움을 잃고 폐쇄적이 된다. 그들의 가슴에는 꽃이 피지 않는다. 싸우고 투쟁하는 사람에게는 씨앗이 다가오지 않는다.

남의 목을 노리고 피를 원하는 사람은 결코 창조적인 삶을 살 수 없다. 그에게는 단지 파괴만이 있을 뿐이다. 그 사람의 파장은 불행의 너울이다. 그런 사람들의 기쁨이란 허위와 과장 외에 아무것도 아니다. 어찌 그것이 정당한 삶의 법칙이라고 말할 수 있겠는가.

야심은 인간을 차가운 미이라로 만들어버린다. 그러므로 그대여, 명심하라. 자신만의 독특함을 견지하라. 따뜻한 피가 흐르는 만큼 따스한 사랑을 주는 인간이 되어라. 의미 없는 시기심, 질투, 원한을 버려라. 그대에게 씨앗이 머무를 수 있도록.

서두르지 말라· 단지 노래하고 춤춰라

물라 나스루딘이 직장에 다니고 있었다. 그의 집은 사무실 바로 코 앞이었다. 그런데 그는 항상 회사에 늦게 나왔다. 참다못한 사장이 그를 불러 소리쳤다.

"이봐, 자네 정말 너무하는 것 아니야? 집이 먼 직원들도 제 시간에 맞추어 출근하는데 자네는 코 앞에 살면서 왜 매일같이 지각을 하는 건가?"

그러자 물라 나스루딘은 시큰둥한 표정을 지으며 대답했다.

"사장님, 그건 모르시는 말씀입니다. 사람이란 늦으면 반드시 서두

릅니다. 따라서 회사에서 멀리 살고 있는 사람들은 늦으면 서두르게 되어 있습니다. 하지만 저는 일단 늦으면 늦고 맙니다. 저는 서두를 방법이 없으니까요. 다른 직원들은 늦으면 택시를 타거나 뛸 수 있습니다. 하지만 저는 회사 바로 앞에 살고 있기 때문에 늦으면 그냥 늦는 겁니다. 서두를 방법이 없단 말입니다."

꿈

무슨 일이든 서두르지 말라. 서둘러서 얻을 수 있는 것은 아무것도 없다.

그대가 지향하는 깨달음도 마찬가지다. 그대는 가만히 있어도 목적지에 도달할 수 있다. 그리고 목적지가 멀리 있다면 그대는 자연히 좀더 빨리 달리게 된다.

깨달음이란 시간상 공간상 다른 어떤 곳에 있는 것이 아니라 바로 여기에 있음을 알라. 만일 그대가 서두른다면 목적지를 잃어버릴 것이다. 충분히 속도를 늦추어 그대 내면의 모든 것, 외면적인 모든 것을 볼 수 있도록 조절하라.

세상은 온통 서두르지 못해 안달인 것만 같다. 초음속 제트기에 초고속 열차, 고속도로, 고속 정보망 등등, 사람들은 가능하다면 빛의 속도보다 빨리 목적지에 도달하려고 한다.

그래서인지 사람들은 깨달음조차 서둘러 얻을 수 있다는 미망에 사로잡혀 있다. 그것은 헛된 생각이다. 바로 이 자리에 깨달음이 있는데 속도를 낼 필요가 어디 있단 말인가.

오히려 후진기어를 넣고 자신을 향해 돌아가야만 한다. 아무리 빠른 속도로 전진할 수 있는 자동차라 할지라도 후진할 때는 조심스러운 법이다. 천천히 자신이 걸어온 시간을 거슬러 가라.

여유를 가져야 한다. 이상을 망각하고 미래를 망각하라. 이 순간이 그대의 전부이게 하라. 삶의 사소한 부분을 즐기며 현재의 삶에 몰두하라. 부동의 순간에 그대는 인식하게 될 것이다. 자신의 모습을 보게 될 것이다.

계획을 세우지 말라. 명상하는 가운데 깨달음은 다가온다. 노래하고 춤추고 찬미하라. 그 순간의 서슬에 그대의 안식과 완성이 이루어진다.

물라 나스루딘이 길을 걷고 있었다. 외롭고 쓸쓸한 길이었다. 해도 이미 저물고 땅거미가 몰려왔다. 그가 걷는 길은 공동묘지와 가까웠다. 문득 그는 저 앞에서 몇 명의 사람들이 몰려오는 것을 보았다. 갑자기 그는 겁이 더럭 났다.

'혹시 저 놈들은 나를 털려는 강도가 아닐까. 그렇다면 나는 아무런 대비가 없지 않은가. 혼자로는 어떻게 해 볼 수도 없겠어.'

이렇게 생각한 그는 공동묘지를 향해 정신없이 뛰기 시작했다. 묘지에 도달하자 그는 새로 파놓은 무덤 안으로 뛰어 들어가 몸을 숨이고 사람들이 지나치길 기다렸다. 그런데 그들은 바로 그가 숨어있는

65

묘지를 향해 다가왔다. 이제는 죽었구나 생각한 뮬라 나스루딘은 숨을 죽인 채 벌벌 떨었다. 그런데 그들 중의 한 사람이 천천히 다가와 물었다.

"아니. 뮬라. 대체 여기서 뭐하고 있는 거요?"

이 말에 그가 슬며시 눈을 들어보니 전부터 아는 사람들이었다. 그는 갑자기 옷을 툭툭 털고 일어나 심각한 표정으로 말했다.

"자, 여기 하나의 문제가 있소. 당신이 나에게 왜 여기에 있느냐고 묻고 있고 나도 당신에게 왜 여기에 있느냐고 묻고 있다는 문제요. 그 해답은 분명하오. 나는 당신들 때문에 여기 있고 당신들도 나 때문에 여기 있다는 것이지."

❖

그대는 스스로의 모순에서 빠져 나와야만 한다. 타인을 통하여 자신을 바라보지 말라. 그대는 자신의 삶만으로도 충분하다.

타인에게 관심을 기울이지 말라. 그때부터 그대는 실제적이 되고 만다. 희미한 그림자를 보고도 두려움에 떠는 허튼 인간이 되고 만다. 그대의 삶이 지옥이 되는 것은 내가 아닌 타인의 시선으로 세상을 보는 것이다.

관심을 버려라. 그대의 관심을 내던지지 않는 한 마음은 결코 투명해지지 않는다. 그것은 불가능하다. 그대의 내심은 아주 고요하고 평화로운 듯이 보이지만 실제로는 끝없이 떨고 있다.

왜 그토록 남들에게 신경 쓰는가? 그것 때문에 그대의 삶은 항상 위험하다. 그대는 모두가 자신에 대하여 신경 쓰고 있다고 생각한다. 다른 사람들도 마찬가지이다. 하지만 그것은 그대가 충분히 피할 수 있는 독화살이다.

어린아이들처럼 마음을 자유롭게 하라. 그들에게는 어떤 긴장이나 불안을 찾아볼 수 없다. 그것이 그대가 취해야 할 진정한 태도이다. 그렇지 않다면 그대는 아내를 죽일 것이다. 친구를 죽일 것이다. 주변의 모든 사람을 구렁텅이로 몰아넣고 말 것이다.

그대가 아무리 완벽에 가까운 외과의사라 할지라도 관심이 있는 환자를 완전하게 수술해 낼 수는 없다. 다른 환자를 대하던 그 초연한 마음이 사라져 버리게 되기 때문이다. 병든 아내를 수술대 위에 눕혀 놓아 보라. 그대는 전처럼 메스를 들고 그녀의 살갗을 절개할 수 없다. 손이 떨리고 마음이 흔들려 그대는 어찌할 바를 모르게 될 것이다. 그 유약한 손으로 병균이 퍼져있는 미세한 혈관을 어찌 자르고 봉합하겠는가.

만일 그대가 자신을 의식하지 않는다면 삶은 자연스럽게 흘러갈 것이다. 하지만 자신을 의식하는 순간 그대는 참으로 많은 문제에 부딪히고 만다.

그대는 친구와 동료들과 항상 이야기를 나눈다. 너무나 자연스럽게……. 그런데 어느 날 갑자기 그대는 연설 부탁을 받았다. 많은 사람들이 그대를 주시할 것이기 때문에 그대는 그들을 의식하고 연설 계획을 세운다. 어떤 방법으로 어떤 과정을 통하여 그들에게 감명을 줄 것인가를 면밀하게 검토한다. 이렇게 그대는 스스로를 의식하기 시작한다. 그리고 마침내 실패한다.

자신을 버려야 한다. 하지만 그조차 의식적이어서는 안 된다. 스스로 진정한 이해에 도달하도록 힘써야 하는 것이다. 그렇게 되면 더 이상의 나는 존재하지 않는다. 배고프면 먹고 졸리면 잠을 잔다. 거기에는 아무런 긴장이나 불안을 찾아볼 수가 없다. 어린아이가 된다.

그대가 사랑에 빠질 때 사랑에 빠지는 것은 진정한 그대 자신인가? 그대가 화를 낼 때 화를 내는 것은 그대 자신인가? 분노에도 사랑에도 그대는 없다. 그러므로 사랑도 없다. 그 순간 그대는 한 깨달음을 얻게 된다.

스스로 스러질 때까지
그대의 분노를 놓아 두라.

한 여성이 물라 나스루딘을 찾아가 물었다.

"저는 지금 가난한 젊은 청년과 사랑에 빠졌습니다. 그런데 못생겼지만 갑부인 노인이 저와 결혼하자고 합니다. 아아, 저는 어떻게 하면 좋을까요?"

그러자 나스루딘이 말했다.

"노인과 결혼하시오. 그리고 가난한 젊은이를 애인으로 삼으면 되지 않겠소?"

위대한 사람과 하찮은 사람의 차이는 아무것도 없다. 단지 역사상 위대하다는 사람들은 자신이 하고 있는 모든 하찮은 일들 속에 자신의 위대함을 심은 사람들이었다. 그들은 위대한 방식으로 먹고, 위대한 방식으로 걷고, 위대한 방식으로 잠들었다.

그렇다면 그 위대함이란 무엇인가. 바로 자연스러운 본성이 시키는 대로 하는 것이다. 식탁 위에 놓여 있는 것이 빵과 소금뿐일지라도 그대는 수랏상을 받은 것처럼 감사하며 먹어라. 그리하여 저 에피쿠로스와 같은 무심의 경지에 도달하라. 그렇게 되면 그대의 삶은 하나의 축제가 될 것이다.

심리학자들은 종종 그대에게는 사랑의 훈련이 필요하다고 말한다. 하지만 그런 훈련 따위가 무슨 소용이 있단 말인가. 우리에게는 항상 뿌리가 준비되어 있다. 그 뿌리에 푸른 싹을 틔우면 되는 것이다.

만일 그대가 사랑하는 법에 몰입한다면 그것은 거짓이 된다. 진정한 사랑은 자발적이기 때문이다. 자연의 흐름에 따라 행동하라. 결코 규칙에 얽매여서는 안 된다. 그대는 박제에게서 인간의 숨결을 느낄 수 있다고 생각하는가.

자연은 그대의 규칙에 따라 움직이지 않는다. 자연은 그 나름의 순리를 가지고 있다. 그대는 자연을 닮아야만 한다.

기억하라. 신발이 발에 꼭 맞을 때에는 발의 존재를 잊는다. 허리띠가 허리에 꼭 맞을 때는 허리의 존재를 잊는다. 그대가 건강하다면 자신의 육체에 대하여 아무런 생각이 없게 된다. 육체는 잊혀진다. 하지만 병균이 창궐하여 육체에 이상이 생기면 그대는 곧바로 육체에 매이게 된다.

두통이 없는데 머리의 존재가 의식되겠는가. 위통이 있어야만 그대는 자신의 소화 기관을 인식할 수 있는 것이다. 이렇듯 건강한 것은 잊혀진다. 병든 것만이 남아 그대를 자극하고 긴장시킨다.

깨달은 사람은 자신을 알지 못한다. 누군가 '너 자신을 알라' 라고 하였지만 그 말은 깨닫지 못한 사람에게 던지는 조약돌일 뿐이다. 그들은 병들었으므로…….

그대의 의식이 병들었을 때 에고는 담벼락을 뚫고 나와 그대를 존재하게 한다. 그대의 주의를 환기시킨다. 그러므로 명심하라. 육체가 느껴지지 않을 때 그대는 건강하다. 마음이 느껴지지 않을 때 그대는 건강하다.

이것이 옳고 저것이 그르다고 말하지 말라. 그대가 마음의 한켠을 좇아 옳음을 따라갈 때 그대는 양쪽으로 분리된다. 그 순간 삶 전체가 하나의 갈등이 되어 극단에서 극단으로 움직이기 시작한다. 이렇게 분열된 사람은 자연스러울 수 없다.

자연스럽다는 것은 내적인 합일 속에 존재하는 깊은 조화이다. 그런 자연스러움이 없는 그대는 항상 미궁 속에서 방황할 수밖에 없다. 그러므로 무엇에 반대하지 말라.

분노가 오면 오게 놓아 두라. 그가 지쳐 갈 때까지. 탐욕이 오면 그냥 놓아 두라. 그대가 선택하지 않는다면 아무리 강력한 탐욕이라도 물처럼 증발해 버릴 것이다. 선택하지 않으면 그대의 에너지는 엄청난 힘이 되어 그대를 깨어있게 할 것이다. 조화롭게 될 것이다.

자신을 확신하라

확신은 증명을 초월한다

한 수다쟁이가 커피숍에서 다른 사람의 직업을 알아 맞추는 능력을 과시하고 있었다. 그는 자리를 돌면서 사람들의 직업을 족집게처럼 알아 맞췄다. 이 사람은 변호사, 이 사람은 의사, 저 사람은 회사원, 어떤 사람은 작가 등등. 그는 자신이 몹시 특별한 존재로 비치기를 원했다. 그리하여 그것을 사람들에게 증명해 보이고 있었던 것이다.

문득 홀 안에 약간 창백해 보이지만 맑은 눈빛을 띤 물라 나스루딘이 그의 시야에 들어왔다. 그는 재빨리 나스루딘을 가리키며 사람들에게 말했다.

"여기 고매한 종교인이며 설교자께서 앉아 계십니다."

이 말에 뮬라 나스루딘은 얼굴을 붉히며 대답했다.

"아니오, 당신은 틀렸어요. 나는 종교인도 설교자도 아닙니다. 단지 가여운 위궤양 환자일 뿐입니다."

사람들은 종종 자신을 내세우고 싶어한다. 하지만 그것은 상대방에게는 지겨움일 뿐이다. 왜냐하면 그들 역시 자신을 드러내고 싶어하기 때문이다. 그대가 지겨움을 참고 있는 것은 자신의 차례가 오기를 기다리는 것일 뿐이다. 마치 빵을 사기 위해 긴 줄의 뒷편에서 동전을 만지작거리고 있는 것처럼……

이러한 자기 과시의 허상을 통해 성취할 수 있는 것은 무엇인가? 그것은 단지 자신이 중요하고 특별한 존재라는 거짓된 감정뿐이다.

그대가 어떻게 행동하든 사람들의 이목을 끌 수 없다. 그대가 갑부가 되든 유명인이 되든 세상은 아무런 관심이 없는 것이다. 어쩌면 고층 건물 옥상에서 자살 소동을 벌이든지, 커다란 범죄를 저질러 신문지상에 오르는 편이 그들의 시선을 모으는 데 더 빠른 길일 것이다.

그대는 자신이 이미 특별한 존재라는 진실을 잊고 있다. 그러기에 길게 늘어진 줄의 뒷편에서 쓸데없는 허상을 증명하려고 기다리고 있는 것이 아닌가. 왜 자신이 아름다운 인간임을 확신하지 못하는가. 왜 남으로 하여금 교언영색의 찬사를 듣기 위해 몸부림치는가.

사람들은 자신이 모두가 독특한 존재이길 원한다. 하지만 이것은 자신이 어떤 증명도 필요 없는 독특한 존재라는 것을 알고 있지 못하다는 반증이다. 증명이란 참을 위해서가 아니라 의심을 위해서 있는 것이다.

　　바로 이것이 그대가 신을 증명하지 못하는 이유이다. 신은 궁극의 진리, 궁극의 진실, 궁극의 존재이다. 이것을 어떻게 그대는 증명할 수 있겠는가.

　　자신을 확신하라. 확신은 증명을 초월한다. 그렇다면 확신은 어디에서 오는가. 하나는 즉각적으로 자신을 앎에서 오는 것이다. 이것이 바른 길이다.

　　또 하나는 남을 통해서 자신을 아는 길이다. 그러나 남들은 그대와 너무나 멀리 떨어져 있다. 그들은 그대의 실체를 알 수 없다. 때문에 그대는 시시각각으로 자신을 전시하고 광고하려 한다. 그대는 스스로를 신성하고 위대한 존재라고 소리 높여 선전한다.

　　사람들이 몰려들어 그대를 만져보고 맛보고 평가한다. 그들은 그대의 광고에 과장이나 허위가 있지 않은가 확인하려 한다. 그러나 그대는 결코 그들의 결론을 듣지 않는다. 오로지 더 큰 목소리로, 더 많은 사람들에게 소리치고 있을 뿐이다.

　　이것은 분명 인생을 낭비하는 길이다. 그대는 홀로 가야만 한다. 군중들은 그대를 인도하지 못하기 때문이다. 등대의 불빛은 그대의 존재 안에만 있다. 그 누구도 그대와 함께 그 빛을 쫓아 노를 저을 수 없다.

이렇듯 자신을 내세우는 사람은 자신
의 누추함을 감추려고 시도하게 된다. 화려
한 의상이나 미사여구로, 또는 무력으로. 그
렇게 되면 그대의 아름다움은 차츰 엷어지고 그
어둠의 씨앗이 점점 빛을 더하게 된다. 그리하여
그대의 캄캄한 살빛을 감출 수가 없게 된다. 마침내 질곡을 빠져나갈
수 없게 된다.

그렇다면 어떻게 해야 하는가. 그대가 가진 어두움을 적나라하게
드러내버려라. 그리고 그대가 가진 아름다움을 숨겨라. 어두움이 빛
을 만나면 산산이 부서져 버리는 까닭이다. 아름다움이 어둠을 만나
면 하나의 씨앗이 되는 까닭이다.

그대는 특별한 존재이다. 그 씨앗에 싹을 틔우고 꽃이 피게 하라.
그 꽃의 향기가 존재와 하나 될 때까지······.

자신의 잠에 사로잡힌 사람을 자신뿐이다. 일어나라

동네에서 어떤 사람이 사고로 죽었다. 그의 집에 문상을 다녀 온 물라 나스루딘이 창백한 표정으로 아내에게 물었다.

"여보, 당신은 나보다 현명하다는 걸 잘 알고 있소. 그러니 언젠가 내가 숨을 거둘 때 스스로 죽었다는 것을 어떻게 알 수 있는지 좀 알려 줘요."

그러자 아내가 어이없다는 듯이 대답했다.

"아니, 또 그런 바보 같은 소리를 하세요? 저는 사람이 죽으면 몸이 차갑게 식는다는 것만 알뿐이에요."

이 말에 나스루딘은 고개를 끄덕였다. 며칠 후 그가 숲 속에서 나무를 하고 있을 때였다. 한겨울이라 옷을 많이 껴입었지만 땀이 식자 그는 문득 한기를 느꼈다. 갑자기 아내가 했던 말이 떠올랐다.

"아아. 이제 내가 죽어가는가보다."

그는 자신의 삶이 끝나는 줄 알고 나귀에게 작별인사를 했다. 깊은 산중에 자신의 임종을 지켜보는 것은 나귀밖에 없었기 때문이다. 그리고 그는 커다란 나무 아래 편안하게 몸을 뉘였다. 그렇게 가만히 있으니 몸이 더욱 시려왔다.

"그래. 이렇게 사람은 죽는 거야."

그런데 문득 나귀 쪽에서 이상한 소리가 들려왔다. 나스루딘이 눈길을 돌려 바라보니 나귀가 늑대에게 잡혀 질질 끌려가고 있었다. 그러자 그는 큰 소리로 탄식했다.

"미안하구나. 나귀야. 나는 죽어가고 있으니 어떻게 해볼 도리가 없어. 죽어가는 사람이 대체 무슨 일을 할 수가 있겠니?"

❖

자각하는 삶을 살라. 그대가 하고자 하는 것이 있다면 무엇이든지 하라. 하지만 객관자로서 그것을 바라보아야만 한다. 조용히 관찰하고 잊지 말라.

그것은 작은 것부터 시작해야 한다. 길을 걷는 것, 목욕하는 것, 친구의 손을 잡는 것, 이야기하는 것 따위의 아주 소박한 것부터 시작해야만 하는 것이다. 그대는 또 자신을 잊을 것이다. 그것을 다시 바구니에 주워 담아라. 그것을 생생하게 떠올려라. 부처의 무념, 구제프의 자기회상 따위가 모두 그런 것이다. 자신이 목격자임을 잊어서는 안 된다. 처음에는 물론 힘들 것이다. 왜냐하면 우리들은 너무나 오랫동안 깊은 잠에 중독되어 있었기 때문이다. 이제는 일어나라. 아침해가 뜨고 있다.

허위는 그대가 생각하고 있는 것만큼 많다

남편과 부인의 논쟁이란 대부분 사소한 것에서 시작되지만 오래도록 앙금을 남기기 마련이다. 누군가 진실로 승복하지 않는다면……

어느 날 물라 나스루딘도 그 늪에 빠져버렸다. 한참을 별 일도 아닌 문제로 다투던 두 사람은 서로를 외면하고 냉랭하게 앉아 있었다. 얼마 지나지 않아 나스루딘은 후회하기 시작했다. 저녁이 되자 배가 고픈데 부인은 식사 준비할 생각조차 하지 않았다. 지는 것이 이기는 거라 생각한 나스루딘은 부인에게 사과했다.

"여보, 내가 잘못했소. 그러니 이제 우리 식사를 하도록 합시다."

이 말에 부인은 코웃음을 치며 이렇게 대꾸하고 밖으로 나가버렸다.

"천만에요. 당신은 아까와 조금도 다름이 없어요. 지금도 자신이 옳다고 속으로 생각하고 있을 걸요. 저는 그런 엉터리 사과는 받아들이고 싶지 않아요. 하긴 이런 말조차 쓸데없는 일이죠."

❖

진리는 하나다. 허위는 그대가 원하는 만큼 많다. 종교도 하나이다. 하지만 철학은 그대가 원하는 만큼 많다.

철학이란 진실에 대한 그대의 공상일 뿐이다. 얼마든지 꿈을 꾸어라. 그러나 진실을 꿈꿀 수는 없다. 진실은 본래의 모습대로 존재하기 때문이다.

유사 이래 철학은 수많은 논쟁에 논쟁을 거듭해 왔지만 아무런 결론도 내리지 못했다. 단지 철학자 자신들의 유식함을 궤변처럼 늘어놓았을 뿐이었다. 그 이유는 무엇인가?

그들은 일치할 수 없는 부류이기 때문이다. 그들은 진리를 알지 못하기 때문이다. 진리를 안다면 논쟁할 이유가 없다. 그들은 본래 모르는 사람들이다.

그대 역시 알지 못한다. 하지만 안다고 생각하는 집착 때문에 그대의 정신은 분열된다. 불완전은 그대를 병들게 한다. 병인을 알았다면 치료해야만 한다. 그런데 그대는 병원에 가기를 꺼려한다. 막연한 두려움으로 진리의 흐름에 몸을 맡기려하지 않는다.

결국 그대는 허위의 둥지에 안주하고 마는 것이다. 누군가 '왜?'라고 물을지라도 귀를 닫아버린다. 그리하여 그대는 공포 속에 잠겨 있는 것을 안식이라고 소리친다. 너무나도 공허한 그 자리에서…….

그대를 가두고 있는 창살을 잘라 버려라

온갖 비행을 저지르던 사람이 마침내 경찰에 체포되었다. 그는 곧바로 재판을 받게 되었는데 아무도 그의 변호를 맡으려 하지 않았다. 그래서 물라 나스루딘이 나섰다. 하지만 그의 온갖 노력에도 불구하고 그는 종신형을 언도받았다. 그는 교도소로 죄수를 찾아갔다. 그리곤 자신이 행한 여러 가지 법적 절차를 알려주었다.

"나는 지방법원에 당신의 무죄를 증명할만한 자료를 제출하였지만 기각당했습니다. 고등법원이나 대법원에서도 마찬가지였습니다. 이제는 재심을 청구할만한 어떤 자료도 없습니다."

이 말에 죄수는 흥분해서 소리쳤다.

"여보시오. 당신은 아직 내게 해 준 것이 아무것도 없소. 무슨 방법이 분명히 있을 거요. 그걸 찾아내 봐요. 이 감옥 안에서 평생을 썩을 수는 없단 말입니다."

그러자 물라 나스루딘은 비장한 표정으로 입을 열었다.

"제가 알기로는 이제 단 한 가지 방법 외에는 없습니다. 당신이 쇠창살을 잘라내고 뛰쳐나오는 것 외에는……."

그러면서 나스루딘은 가방에서 쇠톱을 꺼내 간수 몰래 그 사람에게 건네주었다.

＊

혼돈이란 그대가 누군가의 말을 듣지 않기 때문에 일어난다. 그것은 온전하게 그대의 책임이다. 거기에 다른 누구의 책임도 없다.

그대에게 일어나는 모든 불행과 행복, 혼돈과 슬픔, 사랑과 미움에 대한 책임은 온전히 그대만의 것이다. 결코 그것을 다른 사람에게 전가시키지 말라. 그것은 노예 근성에 다름 아니다. 책임을 타인에게 전가시킨다면 그대는 영원히 자유롭지 못할 것이다.

그대의 내면에는 자물쇠가 없다

뮬라 나스루딘이 친구와 함께 사업을 시작했다. 어느 날 금고를 관리하던 친구가 이웃 도시로 출장을 갔다.

혼자 있게 된 나스루딘이 영업 준비를 마치고 금고를 열려고 하는데 갑자기 금고번호가 생각나지 않았다. 그래서 며칠 동안 아무 일도 못하고 있는데 친구에게서 전화가 걸려왔다. 그는 구세주를 만난 듯이 기뻐하며 말했다.

"이봐. 정말 전화를 잘 해 주었네. 사실 지금 개점 휴업 상태일세. 그 동안 주문이 많이 들어왔지만 내 힘으로 어떻게 할 수가 없었다네."

"아니 대체 무슨 일이 생겼길래 그러나?"

"지금 내가 금고번호를 잊어버려서 금고를 열 수가 없게 되었단 말일세."

그러자 친구는 어이없다는 목소리로 말했다.

"나원참, 이봐! 그건 문제도 아냐. 그냥 오른쪽으로 돌려서 열면 되는 거야."

"아니, 그럼 번호는 어떻게 되는데?"

"번호는 상관없어. 그 금고는 전에 자물쇠가 고장이 나서 번호 없이도 그냥 열리게 되어 있다네."

합리화에서 벗어나라. 그것은 그대의 마음에 사로잡혀 있기 때문이다. 그것을 부여잡고 놓으려 하지 않기 때문이다. 자신의 지식과 욕망과 아집을 포기하라. 그것이 오로지 최선의 방법이다.

마음이란 어디에도 안주하지 못하고 방황하게 마련이다. 그것은 결코 여기에 있지 않다. 과거나 미래에도 존재하지 못한다. 그저 달려가기만 하는 것이다.

또 마음은 기억과 향수와 상처와 고통 등으로 무장하고 미래를 계획한다. 이런 때 마음은 행복을 느낀다. 그리고 현재의 공간에서 뛰쳐나갈 또 다른 공간을 찾아낸다. 하지만 현재는 그 속에 마음을 위한 공간을 갖고 있지 않다.

그대는 현재 속에 있지만 마음은 그렇지 않다. 마음은 원숭이처럼

이 나무에서 저 나무로 넘나든다. 거기에는 평온이 없다. 단지 서두름, 다급함만이 자리하고 있을 뿐이다. 그러므로 그것은 모두가 거짓일 뿐이다.

마음을 그 자리에서 도망치지 못하게 하라. 현재에 멈추게 하라. 그것이 명상의 전부이다. 그때가 되면 그대의 방에는 고요한 촛불의 빛이 펼쳐진다. 어둠이 녹아 없어진다. 그대는 빛이 된다.

삶이 필요로 하는 것은 아름답다

물라 나스루딘이 어느 날 정신병원의 문을 두드렸다. 소리를 듣고 나온 의사가 물었다.

"아니, 무슨 문제가 있습니까?"

그러자 물라는 소리쳤다.

"제발 저를 살려 주십시오. 저는 매일 밤 악몽 때문에 잠을 이룰 수가 없습니다."

의사는 눈이 퀭하니 들어가고 비쩍 마른 그를 보고 고개를 끄덕이며 말했다.

"그렇군요. 악몽이라고 하셨지요? 대체 무슨 악몽인데 그렇습니까?"

"저는 매일 밤 꿈을 꿉니다. 정말 끔찍하지요. 내가 아름다운 미인 열 두 명과 함께 즐기는 꿈입니다."

이 말에 의사는 고개를 갸웃거렸다.

"아니 그게 뭐가 끔찍하다는 거죠? 그건 누구나 원하는 것 아닙니까? 저로서는 이해가 되지 않는군요."

"아니, 당신은 매일같이 무인도에서 열 두 명의 여자들과 사랑을 나눈다는 것이 끔찍하지도 않단 말인가요?"

❖

언제나 정반대의 리듬을 기억하라. 그것이 삶의 열쇠이다. 균형을 되찾아라.

행위하라. 그리고 휴식하라. 이것은 자연의 리듬과 같다. 아침에 그대는 깨어나고 밤이면 잠든다. 낮에 그대의 의식을 깨어 있지만 밤에는 무의식이 된다. 음식을 먹으면 그대는 배설해야 한다. 그리고 나서 다시 먹어야 한다. 만일 그렇지 않는다면 그대는 죽고 말 것이다.

하나의 나무가 키를 높이려면 그 키만큼 뿌리도 땅 속으로 들어가야 한다. 그것이 바로 인간의 삶이 가진 신비한 조화이다.

모든 것은 허구이다. 집착하지 말라

거리에서 거지 한 사람이 구걸을 하고 있었다. 그는 며칠을 굶었는지 비쩍 마른 몸매에 남루한 옷에서는 썩은 냄새가 진동했다. 거지는 추위에 떨면서 애처로운 눈빛으로 사람들의 자비를 호소했다. 뮬라 나스루딘이 그를 보고 5달러 짜리 지폐를 건네주며 말했다.

"여보게. 이걸로 배를 채우고 술도 한두 잔 하게나."

거지는 고개를 몇 번이나 숙이며 그에게 감사했다. 그리곤 곧바로 길 건너편에 있는 식당에 들어가 난생 처음으로 비싼 요리와 술로 배를 채웠다. 그러고도 돈이 남아 웨이터에게 팁까지 주었다. 이 모습을 밖에서 물끄러미 지켜보던 뮬라 나스루딘이 중얼거렸다.

"아아, 정말 아름다운 세상이 아닌가. 불쌍한 거지는 배부르게 먹었고 식당 주인은 매상을 올렸으며 웨이터는 팁까지 받았으니까. 그러면 나는? 물론 나도 행복하지. 위조지폐 한 장으로 많은 사람을 행복하게 해 주었으니까……."

❖

지나치게 사실에 집착하지 말라. 사실은 전혀 존재하지 않는다. 모두가 허구일 뿐이다. 명심하라. 모든 것은 허구이다. 심지어 여기에 존재하는 우리, 또한 그대의 존재마저 허구인 것을…….

실제로는 어떠한 일도 일어나지 않는다. 오로지 한 진리만이 저편에서 웃고 있다. 그대가 알고 있는 삶이며 역사며 사랑조차 허구이다. 신도 마찬가지다. 그는 단지 존재할 뿐 과거와 현재와 미래의 그 어디에서도 찾아볼 수 없다.

모든 역사는 허구이다. 우리는 결코 역사를 기록하지 않았다. 단지 신화를 써 왔을 뿐이다.

체험하라. 지식의 함정에 빠지 말라

험악한 총잡이들이 우글거리는 서부의 한 마을에 뮬라 나스루딘이 사업차 방문하였다. 그가 한 카페에 들어서자 많은 사람들이 그를 주시하였다. 수도승 복장을 한 뮬라 나스루딘을 보자 한 카우보이가 시비를 걸어왔다.

"이봐. 수도승 양반, 이리 와서 술 한잔 마시지?"

이 말에 나스루딘은 단호하게 고개를 저으며 말했다.

"저는 세 가지 이유 때문에 술을 마실 수 없습니다."

"그 이유가 대체 뭐야? 빨리 대답해봐. 제대로 대답하지 않으면 내 총이 참지 못할 거야."

"첫째, 저는 종교적인 이유로 술을 마실 수 없습니다. 둘째 저는 할머니가 돌아가시면서 그 저주받은 음료를 손대지도 건드리지도 맛보지도 않으리라 맹세했습니다."

"흥, 웃기고 있군. 그런 건 아무런 이유가 될 수 없어. 마지막 이유가 내 마음에 안 들면 곧바로 황천행인 줄 알아!"

그러자 나스루딘이 말을 더듬으며 이렇게 대답했다.

"그건…… 제가…… 방금 술을 너무 많이 마셨기 때문입니다."

그대는 외부의 도움에 너무나 많이 의지하고 있다. 아름다운 집에 들어가면 기분이 좋아지고 화려한 차를 타고 여행하면서 낭만에 젖는다.

그러한 기분 속에서 그대는 더욱 존재에 가까워진다. 하지만 그대는 그런 분위기가 집이나 차 때문이라고 생각하고 그것을 소유하려한다. 보라. 집이나 차가 그런 그대의 상황을 만들어 줄 수는 있지만 기쁨의 직접적인 이유는 아니다.

이 세상에서 소유할 수 있는 것은 그 무엇도 없다. 아무것도 갖지 않기 위해 주의를 집중하라. 그것은 결코 원인이 아니기 때문이다. 기쁨의 원인은 그대의 내부에 있다. 그러므로 물건에 애착을 갖지 말라. 물건은 유용하지만 목적이 될 수 없다. 단지 수단일 뿐이다. 목적은 내부에 있다. 단 한번만이라도 그것을 깨닫는다면 그대는 존재의 스승이 될 수 있을 것이다.

그대가 감옥에 갇히리라

자신을 드러내려 하지 말라.

물라 나스루딘이 몸이 아파서 의사를 찾아갔다. 의사가 그를 보고
물었다.

"술을 많이 드십니까?"

"아니오. 저는 밀밭 근처에도 가지 못하는 사람입니다."

하지만 그는 이미 병원에 오기 전에 술을 마신 듯 입에는 역한 냄새
가 났고 손도 부들부들 떨고 있었다. 의사는 내심 화가 났지만 꾹 참고
다시 물었다.

"그렇다면 여자를 좋아하십니까?"

"무슨 말씀을 하시는 겁니까? 저는 여자를 가까이 하지 않습니다."

하지만 그의 셔츠에는 술집 여자의 것인 듯한 연지 자국이 묻어 있었다. 의사가 다시 물었다.

"그럼 담배를 피우시나요?"

"아뇨. 요즘에도 담배를 피우는 멍청이가 있답디까?"

하지만 그의 옷깃에는 담배 진이 묻어 있었고 손가락은 니코틴이 배어 노랗게 변색되어 있었다. 그럼에도 불구하고 뮬라 나스루딘이 계속 거짓말을 하자 의사는 마침내 언성을 높였다.

"아니, 여보세요. 병원에 와서 의사를 놀리시는 겁니까? 그렇다면 당신은 대체 뭘 하고 있단 말입니까?"

그러자 뮬라 나스루딘은 천연덕스럽게 대답했다.

"모르시겠소? 나는 지금 거짓말을 하고 있잖소?"

꽃

누군가 미쳤다는 생각이 들면 그대여, 잠시 기다려라. 오히려 그대가 미쳤는지도 모르니까. 참으로 온전한 노자 같은 이는 아무도 미친 사람이 없다고 말한다. 그들은 각자가 다를 뿐이라고…….

무수한 사람들이 병원에서, 정신병원에서, 미친 사원에서 괴로워하고 있다. 고통은 무익하다. 그들은 전혀 미치지 않았다. 서로 다를 뿐이다. 그런데 사람들은 자신의 눈으로 남을 판단하고 가두려 한다. 그저 바라보기만 하면 안 되는 것일까. 잘못된 것은 아무것도 없는데 말이다.

그들은 그대에게 어떤 해도 끼치지 않는 천진난만한 존재들이다. 그런데 사람들은 죄없는 그들을 비난하면서, 정작 진짜 미치광이들에 대해서는 입을 닫고 있다.

스탈린이 사람들을 죽일 때 아무도 그를 미치광이라고 말하지 않았다. 히틀러가 유태인들을 학살할 때도 숱한 정치가나 권력자, 부자들은 그를 미치광이라고 말하지 않았다. 그들은 아무런 까닭 없이 거리에서 웃는 사람을 미치광이라고 손가락질했다. 행복에는 까닭이 없다는 것을 모르는 미친 사람들.

다수의 관념으로 규정짓지 말라. 미치광이 백성을 다스리기 위해 어떤 왕은 스스로 미치광이가 되었다던가. 진리를 정의할 수 있는 사람은 아무도 없다. 그것은 무한이고 미궁이다. 그대는 그것을 바로잡을 수 있는 자격이 전혀 없다. 그대는 사랑하는 사람들이 얼마나 미쳐 있는지를 알 것이다. 그대 역시 마찬가지임을 알라.

모든 판단은 부도덕하다. 누군가를 변모시키려는 노력은 파괴적이고 폭력적이다. 노자는 무심으로 그대의 삶을 존중하였다. 순수한 시선으로 그대를 바라보았다. 그대 역시 그처럼 맑고 투명할 수 있다. 그런 깨달음의 날을 맞이하라.

인생이란 필요도 없고 목적도 없다

뮬라 나스루딘이 그의 친구인 쉐이크 압둘라와 토론을 하고 있었다. 쉐이크는 기도를 하는 동안 마음의 방황이 없는 사람은 한 사람도 없다고 주장했다. 하지만 뮬라는 자신이 기도하는 동안 마음이 방황한 적은 한 번도 없다고 주장했다. 그러자 쉐이크가 이렇게 제안했다.

"만일 당신이 돌아오는 토요일에 나를 찾아와 금요일의 기도 중에 마음이 방황한 적이 없다고 정직하게 말할 수 있다면 멋진 말 한 마리를 선물하겠소."

이렇게 두 사람은 헤어졌다. 토요일이 되자 뮬라 나스루딘이 쉐이크를 찾아갔다. 쉐이크가 전번의 질문을 하자 나스루딘은 기도 중에 마음이 결코 방황하지 않았음을 알려 주었다. 그 말을 들은 쉐이크는 마구간에서 말 한 마리를 끌고 와 그에게 주면서 다시 한번 물었다.

"나스루딘. 정말 기도 중에 단 한 순간이라도 방황한 적이 없었습니까?"

그러자 뮬라 나스루딘이 미소지으며 말했다.

"글쎄요. 꼭 한번 그럴 뻔했지요. 마지막 기도가 끝나갈 무렵 당신이 말에 안장을 얹어서 줄는지도 모르겠다는 생각을 했답니다."

❖

그대의 본성이 있는 그대로 드러나도록 하라. 바람처럼 강물처럼 아무런 방향도 없이 흘러가도록 내버려 두라. 그것이 어디로 가든지 전혀 걱정하지 말라. 마음쓰지도 말고 계획하지도 말라. 자연 그대로가 된다는 것은 커다란 용기를 필요로 한다.

그러므로 도에 이른 사람은 극소수에 불과하다. 기독교도, 회교도, 힌두교도, 불교도 등 종교인이 수천만 명이나 되지만 도는 여전히 초월의 상태에 있고 향기를 가지고 있다. 도는 조금도 억압되지 않은 채 본래의 아름다움, 지고의 우아함, 최고의 진리를 간직하고 있다.

거울 속의 자신을 바라보라

나이가 들어서 길가를 산책하던 뮬라 나스루딘이 거울을 하나 주웠다. 난생 처음 거울을 들여다본 그는 깜짝 놀랐다.

"아이고, 돌아가신 우리 아버지의 사진이구먼. 대체 어떤 사람이 이 사진을 떨어뜨렸을까?"

뮬라 나스루딘은 거울을 집으로 가져와서 장롱 속에 고이 모셔 놓았다. 그런데 어느 날 그의 부인이 옷을 꺼내기 위해 장롱을 열다가 그 거울을 발견하였다. 부인은 그 거울을 들여다보고는 소스라치게 놀라 나스루딘에게 달려가서 소리쳤다.

"아니, 당신, 다 늙어 꼬부라진 주제에 연애질이 다 뭐예요? 장롱 속에 이렇게 쪼글쪼글한 여자 사진을 감춰두고 있으면 내가 모를 줄 알았어욧!"

❖

그대가 홀로일 때 그대는 이미 홀로가 아니다. 그것은 아직 그대
가 홀로 있지 않다면 스스로의 존재와 사귀지 못하고 있기 때문이다.
그대는 타인들과 교류하지 못한다. 스스로 더불어 사는 법을 터득하
지 못한 까닭이다.

외로움은 소극적이나 홀로임은 적극적이다. 그것이 바로 그대가
존재하는 원천이다. 외로움은 고립이지만 홀로임은 황홀하다.

그것은 고립이 아니라 향기로운 고독이다. 부처도 그랬고 열자도
그랬으며 예수도 마찬가지였다. 그대가 홀로 있을 때 외로움과 부족
함을 느낀다면 그대는 아직 그대 자신과 더불어 있는 길을 얻지 못
한 것이다. 자신과 관계를 가져라. 스스로를 사랑하라.

그대는 누구의 신하인가

뮬라 나스루딘은 궁전에 불려가서 왕에게 총애받는 신하가 되었다. 어느 날 왕이 배가 고파서 요리사에게 맛있는 요리를 만들어오라고 명령하였다. 그러자 요리사는 가지로 만든 요리를 내왔다. 왕은 맛을 보고는 너무 감탄하면서 곁에 있던 뮬라에게 말했다.

"이 세상에서 가지 요리처럼 맛있는 건 없는 것 같소. 당신은 어떻게 생각하시오, 뮬라?"

그러자 나스루딘은 대답했다.

"예, 폐하, 저도 그렇게 생각합니다."

며칠이 지났다. 왕은 가지 요리에 질려버렸다. 그런데 요리사가 또 가지 요리를 내오자 접시를 바닥에 던지며 소리쳤다.

"이제 그만! 이것도 요리라고 내온 건가!"

그러자 나스루딘이 말했다.

"폐하, 가지는 세상의 야채 중에서 제일 맛이 없는 겁니다."

이 말을 들은 왕은 고개를 갸웃거리며 물었다.

"아니, 뮬라. 자네는 며칠 전까지만 해도 가지 요리가 세상에서 제일이라고 하지 않았나?"

"물론 그랬지요. 왜냐하면 저는 폐하의 신하이지, 가지의 신하가 아니기 때문입니다."

◇

그대는 억압받는 자이며 그대는 복종하는 자이다. 그대의 의견은 자신의 것이 아니라 그대를 지배하는 자의 것이다. 그의 생각대로 꼭 두각시처럼 움직이는 그대는 이미 아무런 존재가치가 없다.

자신을 바라보라. 그대의 언변 속에 담겨있는 내용 중에 진정으로 자신의 것이 무엇인가를 확인해 보라. 그것은 썩은 지식과 불결한 아부, 치욕을 살짝 감춘 교활함이 대부분이다. 억압받는 자, 복종하는 자에게는 그것이 바른 삶이다.

그는 오로지 생명을 부지하기 위하여 자신을 버렸다. 그는 마침내 소나 나귀처럼 부림을 당하다가 도살장에 끌려가는 신세가 되고 말 것이다. 마음의 항아리에 담겨있는 모든 것을 버려라.

그것에 조금도 죄의식을 느낄 필요가 없다. 오로지 자신에게 담겨있는 신의 형상을 찾는 데 몰두하라. 그것은 어떠한 경계도 없는 순수한 앎과 삶의 공간이다. 그대는 존재한다. 그리고 언젠가는 부재한다.

대체 무엇을 알고 있는가

물라 나스루딘이 터키식 증기탕에 목욕을 하러 갔다. 그런데 종업원들은 그의 남루한 차림을 보고 비누 한 조각과 낡은 수건 한 장만을 건네주고는 쳐다보지도 않았다. 나스루딘은 목욕을 마친 다음 현관을 나서면서 종업원들에게 일일이 금화 한 닢씩을 나누어주었다. 그들의 소홀한 접대에 대해서는 한 마디의 불평도 하지 않았다.

종업원들은 이해할 수가 없었다. 만일 그를 잘 대해주었다면 더 많은 팁을 얻을 수도 있을 것 같은 생각이 들었다.

그 다음 주에 나스루딘은 다시 그 목욕탕에 갔다. 그러자 종업원들은 앞을 다투어 그를 맞이하였다. 마사지를 해 주고 최고급 향수를 뿌려주면서 나스루딘을 왕처럼 떠받들었다. 목욕을 마친 나스루딘은 입구에서 그들에게 동전 한 닢씩을 나누어주면서 이렇게 말했다.

"이것은 지난번의 팁이고, 지난번에 준 금화는 이번의 팁일세."

✦

　어리석은 사람은 항상 자신이 많이 알고 있다고 생각한다. 그 주장을 통해서 자신의 어리석음으로 감출 수 있기 때문이다. 그대 자신이 무지하다는 생각이 들거든 기뻐하라. 춤이라도 추어라.

　진실로 자신의 무지를 아는 사람만이 그 무지에서 벗어날 수 있다. 이제 그 무지는 자신의 것이 아니다. 무지를 지켜보라. 더 이상 무지 속에서 헤매서는 안 된다. 밖으로 나와 그것을 바라보라. 누가 그것을 당신의 것이라고 우긴다면 웃으면서 도랑으로 집어던져 버려라.

현재의 길을 따라가라

어느 날 저녁 뮬라 나스루딘은 여느 때처럼 아내와 심하게 부부싸움을 하였다. 사납게 소리를 지르는 그를 피하여 아내는 옆집으로 도망을 쳤다. 나스루딘은 그녀를 당장이라도 때려죽일 듯이 몽둥이를 집어들고 그녀의 뒤를 쫓았다.

그런데 마침 옆집에서는 결혼 피로연이 벌어지고 있었다. 숨을 헐떡이며 들어온 두 사람을 보고 사람들이 뜯어말렸다. 잠시 후 나스루딘 부부는 그 사람들과 함께 노래하고 춤추며 즐거운 시간을 보냈다. 모든 행사가 끝나고 집에 돌아오는 길에 나스루딘이 아내를 보면서 이렇게 말했다.

"여보, 나는 자주 마음의 평정을 잃어버리는 사람이란 걸 항상 염두에 두어주기 바라오. 그러면 당신의 인생은 진정 가치있게 변할 거외다."

현실을 회피하려 하면 그 만큼 그대는 현실에 다가가게 된다. 얼마나 빨리 달리면 그대는 죽음으로부터 도망칠 수 있다고 생각하는가.

자신을 그 안에 포함시켜라. 언젠가 그대는 죽는다. 모든 것이 죽는다. 그것을 인정하라. 그 순간이 언제쯤인지는 오로지 신만이 아실 일이다.

모든 종교는 사람이 어떻게 죽어야 하는지를 알려주기 위한 과학이다. 그 방법이란 어떻게 살아야 하는가를 가르치는 것뿐이다. 현실과 공상, 죽음과 삶이란 동전의 양면과도 같다. 그것은 당신의 몸 안에 있고 몸 밖에도 있다. 그대는 이제 어떻게 죽어갈 것인가.

두 번 속지 않는다

한 남자가 물라 나스루딘에게 약간의 돈을 빌려갔다. 나스루딘은 결코 그 돈을 되돌려 받으리라고 생각지 않았다. 그런데 놀랍게도 그는 며칠 뒤에 그 돈을 고스란히 갚았다. 며칠 뒤 그 남자는 다시 나스루딘에게 찾아와 전번보다 좀더 많은 돈을 빌려달라고 청했다.

"물라, 제 신용은 이미 확인하셨으니 염려하지 않으셔도 됩니다. 지난번에도 정확하게 갚았으니까요."

이 말에 나스루딘은 화를 벌컥 내면서 소리쳤다.

"이번에는 안 속는다. 이 사기꾼아. 지난번에 내가 빌려준 돈을 돌려 받지 못하리라고 생각했을 때도 나를 속여 넘겼었지. 이번에도 내가 그렇게 쉽게 속아넘어갈 것 같아!"

그대가 오래도록 가지고 있는 것들, 그 관념과 믿음의 쓰레기를 버릴 때는 천천히 버리지 말라. 그것들은 모두 한 덩어리이다. 그 중의 일부를 멀리 던져버리는 것은 아무런 소용이 없다. 그것들은 자석에 이끌리듯 그 본체를 향하여 다시 몰려오기 때문이다.

만일 그대가 그 쓰레기들을 한꺼번에 한 순간에 자신의 내면에서 쫓아낼 수 없다면 결코 버리지 못하게 된다. 단숨에 그대의 몸을 정화하라. 발가락에 생긴 종기 하나가 그대의 몸 전체를 좀먹는 암덩어리로 비화하는 것은 시간문제이다.

바늘 도둑이 소도둑 되는 것처럼 더러운 것들을 한꺼번에 쓸어내지 않는다면 그대는 자신도 느끼지 못하는 사이에 그들과 한패거리가 된다. 이윽고 그대는 어둠 속으로 끌려 들어간다. 그것은 운명의 가혹한 장난이 아니라 그대가 자초한 것이다.

비우지 못하면 채우지도 못한다. 그대의 그릇을 비워라. 깨끗이 정결하게, 그리하여 그곳에 신성한 깨달음의 물을 부어넣어라.

낙타에게 날개가 없는 까닭은

"다일리!"

뮬라 나스루딘이 그의 아내에게 말했다.

"나는 최근에 자연이 생성되었고 그 나름대로 살아가는 방법을 깨닫고 매우 놀랐다오. 이 지구상에 있는 모든 것들은 인류의 이익을 위해 준비된 어떤 방식들이 있는 것만 같소."

"예를 들면 어떤 것들인데요?"

"글쎄, 당신도 알겠지만, 낙타들에게는 자비로운 신의 섭리에 의해 날개가 없는 것과 같은 이치이겠지."

"그게 어떻게 해서 우리들을 이롭게 한다는 거죠?"

"아니, 그걸 모르겠소? 낙타에게 날개가 있다면 그네들은 지붕 꼭대기에서 잠을 청할 것이고, 그렇게 되면 지붕이 망가질 뿐만 아니라 그네들이 씹어먹고 되새김질을 쪼개느라고 생기는 손해를 생각해 보면 간단하지 않소?"

◇

신은 어디에나 있다. 낙타에게도 있고 사람에게도 있으며 바윗돌 하나 산꼭대기 외롭게 서 있는 노송에게도 있다. 신은 우주이며 자연이다. 인간은 언제나 신과 함께 있으면서도 그것을 알지 못한다. 그 안에 도사리고 있는 아집 때문이다.

신은 그대를 더럽히지 않는다. 단지 그대가 신을 향하여 침 뱉고 노하고 원망하며 뒷걸음질칠 뿐이다. 신은 오늘도 내일도 당신을 바라본다. 하지만 그대는 스스로 만들어낸 온갖 소음과 매연, 울화와 고집으로 그것들을 거부하고 있다. 그대는 수다쟁이일 뿐 신이 아니다.

그대 안에 신이 있는데도 그대는 먼 허공에서 신을 찾으려 한다. 먼 곳을 향해 기도하고 복종하려 한다. 신을 만들려 하지 말라. 그것은 이미 있는 것이다.

그대 역시 자신을 포장하려 들지 말라. 신은 그대의 본질을 이미 꿰뚫고 있다. 그대의 화려한 몸속에 담긴 종기조차 신의 산물임을 알라.

모든 것은 시간이 필요하다

뮬라 나스루딘은 항상 카페의 테라스에 앉아서 지나가는 사람들을 지켜보는 습관이 있었다. 그런데 언젠가부터 한 소년이 지나가면서 그의 모자를 툭 쳐서 떨어뜨리고는 재미있다는 듯이 깔깔대며 도망치곤 하였다. 그것은 주변의 다른 사람에게도 마찬가지였다. 그래서 사람들은 그 소년을 붙잡아 벌을 주자고 뮬라에게 제안했다. 그러자 나스루딘은 고개를 저었다.

"모든 것은 시간이 필요한 법입니다. 우리들의 뜻대로 해결될 문제가 절대로 아니지요."

며칠 뒤 그는 버릇처럼 또 그 카페에 찾아갔다. 그런데 언제나 자신이 차를 마시던 테라스에 험상궂게 생긴 병사 한 사람이 앉아있었다.

그때 예의 그 소년이 또 나타났다.

소년은 버릇대로 병사 곁을 뛰어가면서 그의 모자를 툭 쳐서 떨어뜨렸다. 그러자 병사는 분기탱천해서 소년을 쫓아가더니 순식간에 칼을 뽑아 소년의 목을 베어버렸다.

이 광경을 빤히 지켜보고 있던 나스루딘이 곁에 있던 사람에게 나지막이 속삭였다.

"이제는 내가 전에 했던 말뜻을 아시겠죠?"

◇

마음은 항상 시간이 필요하다. 그렇기 때문에 마음의 움직임은 항상 느리다. 그리하여 그대는 기회를 놓치게 된다. 그대가 결심을 했을 때면 이미 그 기회는 멀리 사라져버린 뒤이다.

이런 일들이 매순간 일어나고 있다. 어떤 상황에 부딪히면 즉각 행동하라. 오래 생각하지 말라. 그대가 생각하는 동안 상황은 떠나가 버린다. 그대가 아무리 손내밀어 잡으려 해도 그 손은 이미 다른 손아귀에 쥐어져 있는 것이다.

그대에게도 시간이 있다. 하지만 그대는 자신의 시간을 보지 못하고 있다. 그대는 버릇처럼 다른 사람의 모자를 벗기며 킬킬대고, 아무렇지도 않게 남의 험담을 하면서 살고 있다. 그것이 그대의 부질없는 행복이다.

언젠가 그대에게 칼을 뽑는 사람이 있다. 그는 물어보지 않는다. 용서하지 않는다. 단지 그대의 목을 벨 뿐이다. 자신의 시간을 바라보라. 그 시간 속에 물들어 있는, 매몰되어 있는 삶을 직시하라. 그대는 지금 천천히 교수대에 목을 들이밀고 있다. 곧 줄이 당겨질 것이다.

한 병사가 전쟁터에서 돌아왔다. 마을 사람들이 그를 환영하기 위해 광장으로 몰려들었다. 병사는 자신의 무용담을 자랑하면서 으스댔다.

"나는 북쪽 국경 지역에서 이교도들과 싸운 끝에 여섯 명을 죽였습니다."

그러자 광장에는 우레와 같은 박수 소리가 울려퍼졌다. 그 말에 감동한 누군가가 물라 나스루딘에게 말했다.

"물라! 당신은 결코 저런 무공을 세운 적이 없을 걸요."

이 말을 들은 나스루딘은 갑자기 자리에서 벌떡 일어나더니 주위의 모든 사람이 들을 수 있도록 큰 소리로 외쳤다.

"맹세하건대, 저는 진실만을 말씀드리겠습니다. 저는 언젠가 일곱 명의 비교도를 단 일격에 죽인 일이 있습니다. 만일 증거를 보고 싶으시다면 저를 따라오셔도 좋습니다!"

이 말을 끝으로 그는 광장을 성큼성큼 걸어나왔다. 일순 그 병사를 비롯하여 모든 사람들이 입을 다물었다. 모두가 경외심을 가지고 뮬라 나스루딘의 뒷모습을 멍하니 쳐다볼 뿐이었다.

아무도 쫓아오지 않는 것을 확인한 나스루딘은 천천히 그의 집으로 돌아와서 자신의 방으로 들어갔다. 그곳에는 간밤에 파리채로 때려잡은 일곱 마리의 딱정벌레가 널브러져 있었다.

❖

사람들의 환호에 속지 말라. 그들은 아무런 감탄사도 가지고 있지 않다. 다만 무료함에 지쳤을 뿐이다. 그들은 새로운 모험에 뛰어들지 못한다. 단지 그런 이야기를 들으며 시간을 잘 보낼 수 있기만을 바란다. 그들은 모두가 겁쟁이이다. 그들은 두려워서 자살조차 꿈꾸지 못한다. 그런 삶이 무슨 가치가 있는가.

그대는 그들과 똑같은 길을 가고 있다. 아침에 일어나 세수하고 아내를 보채 식사를 한 다음 쌀을 사기 위한 지폐를 얻기 위해 종일토록 일을 한다. 짬짬이 그 노역을 속이기 위해 음악을 듣고 오락실에 가고 동료들과 수다를 떤다. 해가 지면 버스를 타고 집에 들어가 밥을 먹고 화장실에 들른 후 잠을 잔다. 그대의 삶은 이런 생활의 반복이다. 어떤 특별함이 있는가.

　그대는 뭔가 다른 사람이 될 수 있다. 타인에게가 아니라 바로 자신에게 가치있는 일을 하라. 그대는 개미떼의 일원이 아니라 한 사람임을 깨달으라. 어떻게 죽을 것인가. 어떻게 살 것인가. 그것은 바로 오늘 지금 이 순간 세상을 바라보는 당신의 시선에서 결정된다.

자신의 굴레에서 벗어나라

어느 날 마을 사람 하나가 뮬라 나스루딘을 찾아왔다. 그는 뮬라와 자신 사이에 복잡한 법률 문제가 생겼기 때문에 이것을 해결해야만 된다고 말했다.

"들판에서 당신의 황소가 내 암소를 뿔로 받았습니다. 그렇다면 내가 어떤 보상을 받아야 합니까?"

갑작스런 사건 소식을 접한 나스루딘은 곰곰이 생각하는 척 하다가 이렇게 말했다.

"그것은 아무런 보상도 받을 수 없는 사안이군요. 동물들끼리 생긴 분란을 어떻게 인간의 법으로 심판할 수 있습니까?"

이 말을 들은 마을 사람은 환한 표정으로 다시 말했다.

"아차, 제가 말을 잘못했습니다. 사실은 내 암소가 당신의 황소를 뿔로 받았습니다."

그러자 나스루딘은 아무렇지도 않은 듯이 대꾸했다.

"아, 그렇습니까? 거 참 재미있는 사건이 발생했군요. 아마 법률서적을 찾아보면 그런 사건에 대한 선례가 있을 것 같군요. 동물끼리 생긴 일이라도 고삐를 잡고 있는 주인에게 책임질 일이 있다면 마땅히 경우를 따지는 것이 마땅하니까요."

＊

세상은 너무나 교활하다. 평범한 마음은 자신에게 집착하여 그 교활함을 지혜라고 부른다. 오늘 그대의 입에서 무슨 말이 나오는가. 그것은 내일이면 변질되어 전혀 다른 내용이 된다.

변하는 것은 지혜가 아니다. 사기일 뿐이다. 그대의 눈에 꽃이 아름답다면 다른 사람의 눈에도 꽃은 아름다워보여야 한다. 그것이 시들고 썩어 지독한 악취를 풍기는 데도 아름답고 향기롭다고 말한다면 그대는 교활한 사람이다. 말은 결코 사슴이 될 수 없다. 말은 말이고 사슴은 사슴이라고 말하라.

자신의 굴레에서 벗어나라. 의무감이나 책임감도 없이, 진리도 없이, 경험도 없이 함부로 말하지 말라. 그대가 쏘아올린 거짓은 고무줄처럼 되돌아와 그대의 가슴에 꽂히고, 홍수가 되어 그대의 집을 덮칠 것이다. 마침내 그대를 캄캄한 미혹 속에 가둘 것이다.

둘을 하나가 되게 하지 말라

몹시 추운 겨울밤이었다. 물라 나스루딘이 난롯가에서 신문을 읽고 있었고 아내는 곁에서 뜨개질을 하고 있었다. 바닥에는 개와 고양이가 꾸벅꾸벅 졸며 누워있었다. 문득 아내가 입을 열었다.

"저놈들 좀 보세요. 정말 사이가 좋은 것처럼 보이지 않아요? 당신과 나는 왜 저렇게 되지 않는 거죠?"

이 말에 나스루딘은 코웃음을 치며 대답했다.

"왜 저렇게 될 수 없는 거냐고? 저 개와 고양이를 함께 묶어놓아 봐. 그러면 어떤 일이 벌어질까? 저놈들도 우리와 마찬가지 신세가 되고 말 걸."

세상에서 행복한 사람을 만나기란 참으로 어렵다. 그것은 진실한 삶을 영위하는 사람, 반항적으로 사는 사람, 자신의 삶을 사는 사람, 현실에 타협하지 않는 사람을 만나기가 힘들기 때문이다. 타협이란 자신의 존재에 칼을 들이대는 것이다.

결코 타협하지 말라. 그러느니 차라리 죽는 편이 더 낫다. 기회가 있다면 죽어라. 그대는 오염되지 않고 독약을 받지 않는다. 그때 그대는 아름다운 인간이다. 그리고 위엄스럽다. 우리 앞에 그런 삶을 산 사람이 있다. 예수를 보라. 그리고 소크라테스를 보라.

누구나 자신의 언어가 있다. 그 명확하고 교활한……

목장을 경영하던 뮬라 나스루딘이 갑작스레 돈이 필요해서 대출을 하기 위해 은행에 갔다. 은행의 대출 담당자는 그를 보고 물었다.

"자금이 얼마나 필요하십니까?"

"삼 천 달러입니다."

"좋습니다. 그런데 선생님께서는 담보가 있습니까?"

"목장의 소라면 가능하겠습니까?"

"물론이지요. 소가 몇 마리나 되는데요?"

"약 이백 마리쯤 됩니다."

"그렇다면 충분합니다. 자 이 증서에 서명을 하시지요. 즉시 돈을 내드리겠습니다."

이렇게 해서 나스루딘은 그 돈으로 급한 불을 껐다. 몇 달 후 목장이 번창해서 그는 대출금을 갚으러 은행을 찾아갔다. 대출 담당자는 그에게 악수를 청하며 말했다.

"성공을 축하드립니다. 물라 나스루딘. 그런데 당신이 번 돈을 우리 은행에 예금하실 의향이 없으십니까? 저희들은 돈의 안전과 증식을 충분히 보장하겠습니다."

이 말에 물라 나스루딘은 잠시 고개를 숙이고 생각하더니 이렇게 되물었다.

"그렇다면 당신은 몇 마리의 소를 담보로 내놓으실 겁니까?"

✿

누구나 자신의 언어로 말한다. 대표적인 부류가 정치가이다. 그들은 자신의 이익을 위해서는 어떤 감언이설이든 가리지 않는다. 그들의 인의는 책략이며 도덕은 기만일 뿐이다.

그들은 최고의 정책을 정직이라고 말한다. 하지만 그 정직에는 목적이 있다. 그 목적을 달성하는 데 장애가 된다면 그들이 말하는 정직의 얼굴은 종교인에서 금방 매춘부가 되고 만다. 왜인가? 야심 때문이다.

야심과 권력은 사돈간이다. 그들의 관계는 수천 년 동안 하나도 변하지 않았다. 그들은 결코 고개 숙이지 않는다. 오직 자신의 언어로만 말한다. 그리고 눈물 흘리고 절을 한다. 그 탐욕의 언어를 바라보라.

아름다운 말은 귀에 달다. 하지만 그대는 한번도 그것이 진리라고 생각해본 적이 없다. 그러면서 그대는 어느 새 그 편견에 물들어가고 있다. 진실을 말하지 않는 사람과 진실을 듣지 못하는 사람이 어느 새 한 배를 타고 있는 꼴이다.

그대여, 허위의 탈 안을 바라보는 사람이 되어라. 그 안에 있는 누추한 모습에 이끌리지 말라. 사물의 안을 보는 사람이 되라.

과거는 사람을 추하게 만든다

물라 나스루딘이 친구와 사냥에 대하여 이야기하고 있었다.

"아프리카의 사파리에서 사자를 쫓고 있을 때였네. 그런데 갑자기 앞에 있는 바위틈에서 사자가 나타나 나를 덮치는 게 아닌가. 그때 나는 총도 갖고 있지 않았어. 날카로운 이빨이 나를 향해 달려들고 있는데도 말일세."

친구가 마른침을 꿀꺽 삼키며 물었다.

"그래? 그런데 어떻게 그 위기를 벗어날 수 있었나?"

"잘 들어 봐. 사자는 결국 나를 죽이고 말았다네."

친구는 묘한 표정으로 되물었다.

"아니, 이 사람아. 사자가 어떻게 자네를 죽였다는 말인가? 자네는 지금 여기 두 눈 퍼렇게 뜨고 살아있지 않나?"

이 말에 나스루딘은 눈을 찡그리고 소리쳤다.

"나원참, 이봐. 그럼 자네는 지금 내 꼴이 살아있는 것 같은가?"

❖

사람들은 과거에 의해 죽어있다. 과거의 사자, 미래의 사자에 의해 갈기갈기 찢기운 채 들판에 버려져 있다. 그 과거는 그대를 추하게 만든다. 그대의 삶이 만일 여기 있다면 그대의 춤은 어디에 있는가?

삶은 꿀맛이다. 지금 이 순간 그대의 혓바닥에 떨어지는 달콤한 꿀 한 방울이 있어야만 한다. 그래야 죽음을 잊을 수 있다. 그 외에 무엇이 필요하단 말인가. 이 순간에 있으라. 과거에 애태우거나 미래에 가슴 조이지 말라. 그것만이 사는 길이다.

여기 하나의 불교에서 전해 내려오는 하나의 우화가 있다. 여기에 그대 삶의 모든 것이 들어 있다.

들판에 한 남자가 사자에게 쫓겨 도망치고 있다. 아무리 도망쳐도 끝이 보이지 않았다. 어느덧 그는 사자 무리에게 포위되고 말았다.

더 이상 갈 곳이 없어 어쩔 줄 모르고 있는데 문득 우물이 보였다. 매우 깊은 우물이었다. 그런데 다행스럽게도 두레박이 있었다. 그는 재빨리 두레박줄을 타고 우물 아래로 내려갔다. 그런데 아래를 내려다보니 독사들이 고개를 쳐들고 그 사람을 노리고 있었다.

우물 밖에는 사자들이 으르렁거리고 우물 안에는 독사들이 혀를 날름거리고 있는 것이었다. 오도가도 못하게 된 그의 앞에는 죽음만이 남아 있었다.

그런데 설상가상이라더니 생쥐 두 마리가 위에서 두레박 끈을 갉아먹기 시작했다. 그가 소리쳤지만 생쥐들은 눈도 꿈쩍하지 않았다. 절망에 빠진 그는 지푸라기라도 잡아볼 양으로 우물 안쪽을 둘러보았다.

문득 그의 눈에 커다란 벌통이 띄었다. 거기에서는 달콤한 꿀이 아래로 뚝뚝 떨어지고 있었다. 그는 순간 모든 상황을 잊은 채 혀를 내밀어 그 꿀을 받아먹었다. 너무나도 황홀한 맛이었다.

자신의 영혼을 들여다 보라

　한동안 고향을 떠났던 물라 나스루딘이 턱수염을 길게 기르고 돌아왔다. 친구들은 멋진 그의 수염을 칭찬하면서 얼마나 오랫동안 수염을 길렀느냐고 물었다. 하지만 나스루딘은 그 말에 대꾸조차 하지 않았다. 그러더니 잠시 후 친구들에게 자신은 그 수염을 저주하고 있다고 고백했다. 그러자 한 친구가 물었다.

　"그렇게 싫다면 깎아 버리면 되지 않나?"

　이 말에 나스루딘은 눈을 휘번득이며 대답했다.

　"미쳤나. 내 아내가 이 수염을 얼마나 싫어하는데……."

그대가 존재하는 것은 자신을 채우기 위해서이다. 다른 사람들은 또 그들 자신을 채우기 위해 여기에 존재한다. 그러므로 그들에게 어떤 것을 기대하거나 요구하지 말라. 그것 때문에 그대는 거짓된 인간이 될 것이다. 자신의 본성에 충실하라. 그리하여 다른 사람들 역시 자신의 본성에 충실하도록 하라.

항아리를 깨뜨려라, 그리고 고개를 들라

위대한 회교 시인 아와디 커만이 문 앞에 앉아 항아리 안을 들여다 보고 있었다. 그때 마침 수피 신비주의자인 샴스 에 타브리지가 그 앞을 지나가다가 그 모습을 보고 물었다.

"그대는 지금 무엇을 하고 있는가?"

"항아리 안에 비친 달을 보고 있습니다."

이 말에 타브리지는 미친 듯이 웃었다. 시인은 몹시 기분이 나빠졌

눈에서 멀어지면 마음도 멀어진다

다. 그래서 볼멘 목소리로 따져 물었다.

"아니 대체 왜 그러십니까? 제가 무슨 실수라도 저질렀단 말입니까?"

그러자 타브리지가 대답했다.

"그대의 목이 부러지지 않았다면 왜 곧장 하늘에 떠 있는 달을 보지 않는가? 왜 그림자에 고개를 숙이고 있지? 지금 그대의 꼴이 우습지 않다면 세상에 우스운 일이란 하나도 없을 걸세."

❖

그대도 마찬가지이다. 고개를 들어 달을 본다는 것, 그 간단한 원리조차 그대는 행하지 못하고 있다.

처음이란 항상 어렵기 마련이다. 어린아이가 걸음마하는 것을 보라. 아이는 망설인다. 한번도 걸어본 적이 없기 때문이다. 아이는 자신이 해낼 수 있는지를 의심한다. 그러므로 아이는 두려움으로 일어서지 못하고 바닥에서 기어다닌다.

하지만 그 아이가 첫 걸음을 떼고 나면 그때부터는 양상이 달라진다. 오히려 어머니는 아이를 걱정하는 단계에 이른다. 걸음에 성공한 아이는 결코 기려고 하지 않는다. 아이는 넘어질지도 모르지만 앞으로 나아가는 기쁨, 혼자 설 수 있다는 자신감으로 달려가기 때문이다.

그대에게 명백한 것

랍비 한 사람이 사람들에게 연설을 하고 있었다.

"평등하게 사시오. 모든 사람이 평등하게 대접받고 똑같이 나누며 살면 행복해질 것입니다."

그러자 누군가가 소리쳤다.

"그것이 실제로 가능하다고 생각하십니까? 절대 그렇지 않을 걸 요!"

그 말에 랍비가 화가 나서 말했다.

"당신이 경험해보지 않은 일을 단정하지 마십시오."

그때 물라 나스루딘이 나섰다.

"저는 단정할 수 있습니다. 저는 제 아내와 당나귀에게 정확하게 평등하게 대해 줍니다. 그들이 원하는 것을 아주 평등하게 나누어주고 있습니다."

그러자 랍비는 감탄하면서 물었다.

"대단합니다. 나스루딘. 자, 사람들에게 말씀해 주십시오. 그 평등의 결과가 어떠했습니까?"

"네. 그 결과란 좋은 당나귀라는 것과 고약한 아내라는 것이지요."

❖

자식은 그대에게 통찰력을 주지 않는다. 그것은 오히려 그대를 소경으로 만든다. 투명하고 순수한 눈을 떠라. 낡은 지식으로 세상을 보려 하지 말라.

지식이란 오래된 포도주와 같다. 그 향기로움이 그대를 취하게 만든다. 그것은 그대를 무감각하게 만들고 무의식의 상태로 이끌어간다. 그 지식은 사람에게 돌고 돌면서 엉뚱한 영향을 미친다.

자신을 바라보라. 앎이란 통찰이며 관조이다. 호수 같은 침묵 속에서 그것은 정화된다. 더욱 새롭게 더욱 영원히…….

그대는 무엇을 훔치는가

매주 금요일이면 뮬라 나스루딘은 읍에서 열리는 시장에 당나귀를 끌고 나가 팔았다. 그런데 너무나 싼 가격에 내놓았기 때문이 시장 사람들은 그의 당나귀를 사기 위해 줄을 설 지경이 되었다. 그러자 대단한 갑부로 알려진 한 당나귀 상인이 그에게 물었다.

"이봐요. 뮬라, 나는 대체 당신을 이해할 수가 없소. 내가 파는 당나귀는 가능한 한 최고로 싸게 팔고 있지만 아직도 당신보다 싼 가격에 내놓질 못하고 있어요. 우리 집 하인들은 농부들에게서 사료를 공짜로 가져오고, 노예들은 임금도 없이 당나귀들을 키우는 데도 말입니다. 대체 그 비결이 뭡니까?"

그러자 나스루딘이 빙그레 웃으며 대답했다.

"그거야 아주 간단하지요. 당신은 사료와 노동력을 훔치지만 나는 당나귀를 훔치니까요."

❖

그대가 가지고 있는 것은 진정한 소유가 아니다. 나는 여태 무덤 속에서도 지폐를 세고 있는 사람을 본 적이 없다. 그대는 아무 것도 가져갈 수가 없다. 그러므로 빼앗는다는 것은 무의미하다. 가진 것이 있다면 주어라. 그리하여 자신의 짐을 덜어버려라.

과거의 숱한 경전이나 찬란한 예술작품들은 이미 탐욕스런 이들의 손에서 이리저리 굴러다니고 있다. 유서 깊은 그리스의 건축물들은 약탈자들에 의해 뜯겨져 대영 박물관에서 잠들고 있다. 본질을 떠난 조각이 무슨 가치가 있는가. 하지만 그들은 그것을 자신들의 위대한 업적으로 여기면서 교만을 떨고 있다.

빼앗은 것은 빼앗은 것일 뿐 결코 자신의 것이 아니다. 그것은 자신의 야만성을 드러내는 것이다. 창녀가 자신의 치부를 보이며 자랑스러워하는 꼴이다. 이제 그만 베일을 벗어라. 세상에 숨길 수 있는 일은 하나도 없다.

숲이나 강, 바다는 있는 그대로 아름답다. 그대도 마찬가지이다. 치장을 하지 않아도 그대 안에는 순수한 아름다움이 있다. 삶은 있다는 것 그 자체로 이루어지는 것이지 소유함으로 이루어지는 것이 아

니다. 거둔 쌀은 광에 넣고 밥을 지어 먹으라. 그리고 들판에 떨어진
낟알은 새의 몫으로 남겨두라.

자아는 암과 같다. 그것이 그대를 죽이고 있다

어느 날 군중들이 시내의 우물가에 모여 웅성거리고 있었다. 마침 그 곁을 지나가던 물라 나스루딘이 다가가 보니 커다란 터번을 머리에 두른 모슬렘의 사제가 물에 빠져 허우적거리고 있었다. 군중들 중의 한 사람이 그에게 손을 내밀며 소리쳤다.

"손을 주세요. 사제님."

하지만 그 사제는 그 말을 들은체 만체 하면서 살려달라고 소리치고 있었다. 그때 나스루딘이 나섰다. 그는 자기 손을 내밀며 말했다.

"내 손을 잡으세요."

그러자 사제는 그의 손을 굳게 움켜쥐고는 우물에서 빠져 나왔다. 사람들이 놀라서 그에게 물었다.

"아니 대체 어떻게 했길래 사제님이 당신의 손을 잡은 거요. 방금 전까지 그는 다른 사람이 아무리 손을 내밀어도 잡지 않았었습니다."

이 말에 나스루딘은 웃으며 대답했다.

"그거야 간단하지요. 제가 보기에 저 가련한 사제는 다른 사람에게는 자신의 그 무엇도 주려 하지 않는 사람이었어요. 그래서 나는 손을 달라는 말 대신 손을 잡으라고 말한 것이지요. 그것만으로 충분했습니다."

◈

명상은 성숙의 예술이 아니라 죽음의 예술이다. 이 말이 있어야만 그대는 충격을 받는다. 자아는 죽거나 성숙된다. 하지만 그것이 만일 성숙된다면 그대는 더욱 깊은 진흙탕에 빠져버리고 마는 것이다. 그것은 기실 자신을 가두는 지옥에 불과하다. 때문에 그대는 질식하여 실제로 죽어버리는지도 모른다.

그러므로 들어라. 타인의 기대가 그대의 성장을 도와주지는 않는다. 그런 암시조차 믿지 말라. 그대에게 어떤 고통이 닥쳐와도 감수해야만 한다. 그렇지 않으면 세상이 그대를 가둘 것이다. 세상이 온통 감옥이 되고 말 것이다. 그대가 고통스럽다면 그 이유는 남이 아니라 바로 그대 자신 때문이다.

고기가 아직 잡히지 않았으므로 그물이 있다

왕국의 현자가 나이가 들어 숨을 거두었다. 그는 유언으로 왕에게 이렇게 말했었다.

"제 후임자로 왕국에서 가장 겸손한 사람을 찾아 등용하십시오. 겸손은 곧 지혜이니까요."

왕은 그의 유언대로 나라 안팎에 겸손한 사람을 수소문했다. 그러던 어느 날 왕의 신하들은 뮬라 나스루딘을 발견하였다. 그는 부자였지만 고기 잡은 그물을 항상 가지고 다녔다. 그들은 이상하게 생각하고 물었다.

"뮬라, 당신은 더 이상 고기를 잡지 않아도 될 만큼 부유합니다. 그런데 왜 그물을 가지고 다니는 겁니까?"

그러자 나스루딘이 대답했다.

"나는 어부입니다. 나의 삶은 언제나 그물과 함께였습니다. 이것이 없었다면 내가 어떻게 부자가 될 수 있었겠습니까? 그래서 나는 항상 그물을 가지고 다니면서 어려웠을 때를 생각한답니다."

신하들이 보기에 그는 참으로 겸손했다. 보통 사람들 같으면 가난할 때의 모든 기억을 끊으려 한다. 그런데 나스루딘은 그렇지 않았던 것이다. 신하들은 왕에게 나스루딘을 왕국의 현자로 추천했다. 그런데 그는 현자로 임명되던 날 즉시 소중하게 여기던 그물을 쓰레기통 속에 던져 버렸다. 이 소문이 퍼지자 그를 추천한 사람이 찾아와 의아한 표정으로 물었다.

"아니, 나스루딘. 당신의 그물은 어디 있습니까?"

그러자 나스루딘은 웃으며 말했다.

"고기가 잡히면 그물은 필요 없는 것 아닙니까?"

마음과 사랑에 빠지지 말라. 그것은 그대가 마음의 정체를 바로 보지 못했기 때문이다. 그의 희생자가 되지 말라. 속지 말라.

그대가 진정으로 아름답다면 아무런 노력을 하지 않을 것이다. 그들은 자신의 미를 의식조차 하지 않는 자연스러움이 있다. 그러므로 그대는 못생겼다고 생각되는 여성을 바라보라. 그렇게 되면 정치가의 본질을 알게 된다. 못생긴 여성은 자신의 얼굴을 감추기 위해 늘 노력한다. 짙은 화장에 야한 옷, 화려하고 비싼 장식들을 몸에 갖추려고 애쓴다.

비열한 정치가들도 마찬가지다. 그들은 자신의 약점을 감추기 위해 온갖 감언이설로 사람들을 속인다. 자신을 의식하고 가리려 할 때 그들은 참으로 추해진다.

참고 있는 그대여, 그 사랑을 믿는가

물라 나스루딘이 아내와 함께 영화를 보러 갔다. 영화는 할리우드의 로맨틱한 러브 스토리였다. 사람들은 그 영화를 보면서 남녀 주인공의 열정적인 사랑에 감동하였다. 나스루딘 부부도 마찬가지였다. 영화가 끝나고 저마다 따뜻한 마음으로 극장문을 나서는데 문득 나스루딘의 부인이 남편을 바라보며 물었다.

"저는 당신이 저런 영화의 주인공 같은 사람이었으면 좋겠다는 생각을 했어요."

그러자 나스루딘이 정색을 하고 말했다.

"당신 미쳤소. 저 사람들이 그렇게 행동하는 데 얼마나 많은 돈을 받는지 알고나 하는 소리요?"

◆

사랑은 장미꽃 같은 것이다. 그것은 피었다가 곧 시들어 버린다. 결혼은 플라스틱으로 만든 조화이다. 그것은 결코 피지도 시들지도 않는다. 그러므로 사람들은 살아있는 장미꽃 대신 조화를 선택한다. 그 영원성에 이끌리기 때문이다.

그러나 삶은 순간적이며 유동적이다. 따라서 인생에서 뭔가 영원한 것을 창조하고자 하는 그대의 바램은 헛된 욕망일 뿐이다. 그대는 지금 절망을 찾고 있다. 인생은 순간의 연속이고 모든 사물은 끊임없이 변화한다. 이 변화 외에 변하지 않는 것은 세상에 아무것도 없다. 그것만이 유일하게 영원하다.

참된 것은 변화한다. 사랑은 믿을 수 없다. 그리하여 그대는 어떤 상황에게 영원성을 주기 위해 법률에 기대고 있다. 사랑이 사라질 때 법정이 그대를 구속한다. 보라. 구속하는 것은 무엇이든지 추하다.

진정으로 함께 있는 사람이 있는가

뮬라 나스루딘의 아내가 임종이 가까워졌다. 의사는 걱정스러운 얼굴로 나스루딘을 위로했다.

"뮬라, 이제 더 이상 손써볼 틈이 없군요. 마음의 준비를 하셔야겠습니다. 너무 괴로워하지 마시고 운명을 받아들이십시오. 그녀는 오늘 밤을 넘기지 못할 겁니다."

이 말에 나스루딘이 대답했다.

"걱정하지 마십시오. 제가 수십 년 동안 그녀를 견뎌왔는데 하룻밤인들 못 견디겠습니까?"

그대는 고통받고 있는 사람이다. 모든 것은 사랑이 아니라 의식일 뿐이다. 어떤 사람도 그대에게 진정한 가슴을 열어 보여주지 못하였다. 그대 역시 마찬가지이다.

진정한 결혼이란 참으로 보기 힘든 것이다. 그런데 왜 숱한 남녀가 함께 살아가고 있는가? 그렇다. 그들은 열정의 덫에 걸려 빠져 나오지 못하였을 뿐이다.

완전한 만남이란 신과 함께 있는 것뿐이다. 깨달음과 함께 있는 것뿐이다. 그대가 현실에 절망하고 분노하는 것은 자신의 처지를 원망하는 까닭인 것이다.

그대여. 삶에 대하여 분노하지 말라. 그대를 절망에 빠져들게 하는 것은 삶이 아니라 그대 자신이다. 하루하루의 나날을 괴로워하는 사람을 보라. 그들은 아직도 깨닫지 못하고 있는 것이다.

그들이 깨달은 사람이라면 삶에 대하여 외경심을 느끼고 엎드려 절할 것이다. 삶이 그의 온갖 망상을 깨워주었기 때문이다. 기억하라. 고통은 바로 그대의 기대감으로부터 온다는 사실을……

삶을 이해하려 들지 말라. 삶을 사랑하라. 그대는 깨달을수록 미지의 신세계가 아직도 많이 남아 있음을 알게 된다. 그렇다. 삶이란 살며 사랑하며 체험해야 할 지극한 신비인 것이다.

거짓말쟁이의 삶을 보라. 그것 또한 삶이다

한 젊은 여자가 물라 나스루딘에게 와서 물었다.

"선생님. 제 애인은 거짓말쟁이입니다. 저는 그런 사람과 결혼할 수 없다고 생각합니다. 제 말에 동의하시나요?"

그러자 나스루딘이 근엄한 표정으로 대답했다.

"물론 동의하고 말고요. 영원히 결혼하고 싶지 않다면 당신의 뜻대로 하십시오."

단지 한 여자와 결혼했다고 해서 그것이 다른 여자에 대한 그대의 관심이 사라졌다고 볼 수는 없다. 실제로 그대가 다른 여자에게 무관심해진다면 아내에게도 무관심해질 것이다. 그대는 여자를 사랑하기 때문에 지금은 아내인 한 여자와 사랑을 하게 된 것이다.

그대의 아내 역시 수많은 여자 중의 한 명이다. 그러므로 그대는 간혹 마음이 끌리는 여자를 볼 것이다. 만일 그대가 그 사실을 아내에게 말한다면 두 사람은 많은 혼란에 직면하게 된다. 하지만 그것이 두 사람간의 사랑의 표현임을 알아야 한다.

사랑을 숨긴다면 그대에게는 아무런 분란이 없을 것이다. 하지만 그것은 거짓이다. 사랑이란 자신을 완전히 노출시키는 것이기 때문이다.

진실한 것은 진정한 문제를 야기한다는 점을 명심하라. 그대여. 마음 안에서 벌어지고 있는 모든 상황을 사실대로 말하라. 거기에 결코 이의를 제기하거나 외면하지 말라. 있는 그대로 보고 있는 그대로 표현하는 사람이 되어라.

죽음과 삶은 동시에 온다. 그것은 피할 수 없다

교수형이 집행되는 날이었다. 뮬라 나스루딘은 형리에게 끌려 교수
대의 계단을 올라가고 있었다. 그런데 갑자기 나스루딘이 걸음을 멈추
고 버티어섰다. 형리가 짜증이 나서 물었다.

"이봐, 빨리 올라가. 시간이 없단 말이다."

그러자 나스루딘이 걱정스러운 목소리로 말했다.

"잠깐만요. 계단이 삐걱이는 게 금방 밑으로 내려앉을 것만 같단 말
입니다."

신은 결코 그렇게 회피할 수 없는 존재이다. 그러나 그대가 어떤 이상을 갖는다면 그것은 그 시기를 연기시키는 행위에 다름 아니다.

그대는 신에 이르는 것을 회피할 수 없다. 신은 빨리든 늦게든 결국 그대를 점유한다. 다만 그대는 잠시 시간을 벌 수 있을 뿐이다. 그대는 그것을 무한히 연기시킬 수도 있다. 그것은 그대에게 달려있다. 이상을 갖는다는 것은 신에 대한 대항을 의미하므로…….

삶을 살라. 단지 그것만이 신비롭다

몰라 나스루딘이 그의 제자에게 삶에 대하여 이야기하고 있었다.

"삶이란 여자 같은 거야."

이 말에 제자가 고개를 갸웃하며 물었다.

"선생님이 말하는 여자란 대체 무엇입니까? 대체 여자를 아는 사람은 누구입니까?"

"여자를 안다고 말하는 사람은 대개 허풍쟁이다. 여자를 안다고 생각하는 사람은 속기 쉬운 사람이다. 또 여자를 아는 체하는 사람은 이중적인 사람이다. 여자를 알기 원하는 사람은 사려 깊은 사람이다. 반면에 여자를 안다고 말하지 않으며 여자를 안다고 생각하지 않으며 여자를 아는 체하지 않으며, 여자를 알고 싶어하지 않는 사람이야말로 여자를 아는 사람이다."

❖

우리는 삶이 무엇인지 알 수는 있으나 말할 수는 없다. 너무나도 신비롭기 때문이다. 여자도 마찬가지다. 그녀의 존재를 알지만 우리들은 설명할 수가 없다.

그러므로 우리들의 즐거움에는 까닭이 없다. 만일 즐거움에 어떤 까닭이 있어야 한다면 그것은 참다운 즐거움일 수 없다. 반대로 병은 까닭이 있다. 그대의 본질은 건강하기 때문이다.

의사들은 그대가 아픈 까닭을 찾아낼 수 있다. 병이란 온전한 존재인 그대에게 어떤 이상이 생겼음을 의미하는 것이다. 모든 것이 순조롭다면 그대는 아직 건강하기 때문이다. 그러므로 즐거움의 이유를 들려 하지 말라. 산 속에 솟아나는 옹달샘과 같이 그것은 본래부터 그대의 전신에서 흐르고 있다. 그대는 그것을 떠 마시면 되는 것이다.

그대는 문을 두드리는 사람입니다

새벽 세 시에 바텐더의 집 전화벨이 요란하게 울려댔다. 물라 나스루딘이었다. 그는 다급한 목소리로 잠에서 깬 바텐더에게 물었다.

"몇 시에 술집의 문을 열 겁니까?"

그러자 바텐더는 신경질적인 목소리로 대답했다.

"아아, 나스루딘. 대체 왜 이러십니까? 저는 피곤해서 잠을 자는 중이었단 말입니다. 우리 술집이 아홉 시에 문을 여는 건 술꾼인 당신이 더 잘 알고 있지 않습니까? 빨리 집에 가서 주무시고 그때 나오세요."

이렇게 전화를 끊었는데 십 분 쯤 뒤에 또 다시 나스루딘의 전화가 걸려왔다.

"제발, 급한 일이란 말이오. 언제 술집의 문을 열 겁니까?"

바텐더는 너무나 화가 나서 소리질렀다.

"여보세요. 제발 장난하지 마세요. 아홉 시까지는 전화를 받지 않을 테니 알아서 하세요."

그런데 또 십 분 후에 전화가 걸려왔다. 바텐더는 화가 머리끝까지 나서 소리쳤다.

"도대체 왜 이러시는 겁니까? 저를 놀리시는 거예요, 나스루딘?"

그러자 나스루딘이 지친 목소리로 말했다.

"아아, 당신은 왜 나를 이해해 주려 하지 않는 겁니까? 나는 지금 술집에 갇혀 있단 말입니다."

❖

그대는 문을 두드리고 있는 사람이다. 그대가 존재하고 있는 현재는 미래로 들어가는 문인 동시에 과거에서 떠나는 문이다. 그대가 과거를 지향한다면 미래를 잃을 것이다. 그대가 과거를 보고 있는 동안 미래는 현재로 들어오고 있다.

그대는 양쪽을 다 볼 수 없다. 그대는 앞을 보는 눈을 가졌을 뿐 뒤쪽을 볼 수 있는 눈이 없다. 자연은 그대에게 뒤돌아볼 수 있는 능력을 주지 않았다.

만일 그대가 뒤를 돌아보려 한다면 완전히 돌아서야 한다. 그러면 미래는 현재가 되고 현재가 되는 미래를 놓치게 될 것이다. 현재는 오로지 거기에만 존재하기 때문이다.

그렇게 그대가 과거에 몸을 던지면 그대의 기억들이 구속되어 상상으로만 이루어진 비현실적인 미래를 창조하기 시작한다. 그는 추억에 살며 추억으로 죽을 것이다. 지나간 것은 영원히 지나간 것이다. 그것을 되살리기란 불가능하다. 그런데 그대는 그것을 꾸미려 한다. 그것이 삶의 토대가 될 수 있다고 믿는가?

맑은 사람은 결코 과거를 간직하지 않는다. 오로지 현재의 눈으로 진실을 본다. 추억은 세속이며 에고이다. 스스로 그 마음에 집착하지 않을 때 그대는 움직이지만 실상 그대의 움직임이 아니다. 그것은 신의 움직임이다.

사랑이란 곧 자유이다

허위를 모방하지 말라.

어느 날 물라 나스루딘이 몹시 화난 얼굴로 술집에 들어섰다. 그는 그 안에서 술을 마시고 있는 사람들에게 소리쳤다.

"대체 어떤 놈이 우리 마누라더러 추한 노파라고 헛소리를 한 거야!"

그러자 술집 구석에서 건장한 몸집의 한 사내가 일어서며 말했다.

"나요. 그런데 그게 뭐 어쨌다는 거요?"

그 사람을 보자 나스루딘은 숨을 죽였다. 그는 발소리도 나지 않게 그의 앞으로 걸어가서 속삭였다.

"정말 고맙습니다. 나는 그 사실을 알면서도 말할 용기가 없었는데 당신의 용기에 감탄을 금하지 못하겠습니다. 그래서 인사드리러 여기에 온 겁니다."

◈

허위의 삶은 진실한 죽음보다 훨씬 더 나쁘다. 진실한 죽음이 훨씬 더 좋다. 허위의 행복은 진실한 불행보다 훨씬 더 나쁘다.

이 말을 기억하라. 진실한 비애는 허위의 웃음보다 더 좋다. 성장은 진실한 존재를 통해서 오기 때문이다. 그것은 결코 허위를 매개로 하지 않는다.

그대의 진실은 타인들의 허위에서 모방한 것이다. 모방은 언제나 그릇된 것이다. 도덕은 모방이고 종교는 항상 그대의 것이다. 장미나무에 핀 꽃은 장미꽃이고 연못에 핀 꽃은 연꽃이다.

보라. 장미나무에서는 결코 연꽃이 피어날 수 없다. 그러므로 종교가 꽃필 때 그것은 그대의 것이다. 도덕적이려 할 때 그대는 누군가를 모방하고 있는 것이다.

기독교인들은 예수의 모조품이 되려 한다. 그러므로 그들은 추하나 예수는 아름답다. 예수는 장미꽃이기 때문이다. 그는 장미가지에서 피어났기 때문에 사람들에게 죄를 지었다. 사람들은 예수가 모세의 모조품이 되기를 원했지만 그는 자신의 꽃이 되었던 것이다.

그는 이렇게 소리쳤다. '나는 내 존재이다. 나는 나 자신이다'라고……. 때문에 사람들은 그를 용서할 수 없었다. 모세 역시 그 자신

의 존재에서 꽃피었음에도 불구하고 그들은 예수가 연꽃이 되기를
원했던 것이다.

　그는 이렇게 소리쳤다. '나는 내 존재이다. 나는 나 자신이다'라
고……. 때문에 사람들은 그를 용서할 수 없었다. 모세 역시 그 자신
의 존재에서 꽃피었음에도 불구하고 그들은 예수가 연꽃이 되기를
원했던 것이다.

　그대의 꽃이 아무리 작다 해도 그것이 자신의 것이라면 참으로 훌
륭한 것이다. 다른 사람의 크고 향기로운 꽃가지를 빌리려 하지 말
라. 자신의 것이 가장 좋은 것이다. 신은 그대의 존재로부터 피어나
길 원한다.

그대의 갈증을 풀어 주는 진짜를 마셔라

어느 날 물라 나스루딘이 할머니를 미술관으로 모시고 갔다. 그곳에서는 렘브란트 기념 작품전이 열리고 있었다. 사람들은 거장의 그림 앞에서 연신 탄성을 질러댔다. 나스루딘 역시 영혼이 담겨있는 듯한 그의 그림을 보면서 감탄하지 않을 수 없었다. 그런데 곁에서 구경하던 할머니가 깔깔깔 웃음을 터트렸다. 나스루딘은 눈이 동그래져서 물었다.

"아니, 할머니 왜 그렇게 웃으세요?"

그러자 할머니는 웃음을 채 줏어담지 못한 얼굴로 나스루딘에게 말했다.

"아이고 얘야. 저 그림을 좀 보거라. 우습지 않니? 저 그림은 내가 이십 년 동안이나 방에 놓아두고 본 달력 그림이야. 그걸 렘브란트란 작자가 베껴 놓았구나."

◇

거짓에 감염되면 진짜를 볼 수 없다. 가짜가 진짜가 되고 진짜는 쓰레기 취급을 당한다. 어쩌면 그대 역시 진짜를 보았을 때 전혀 알아차리지 못할는지 모른다.

새로움을 받아 들여라. 완전한 것은 없다. 그러나 존재에 가까워질수록 인간은 창조적인 모습이 된다. 그때 솟아나는 그대의 앎이란 전혀 별개의 것이다. 그것은 원천으로부터 존재한다. 그는 거기서 그대를 기다리고 있다. 그대 외에 누구도 그것을 볼 수 없다.

내면을 보라. 그것이 바로 예수가 '하늘 나라는 네 안에 있느니라'라고 말하는 진정한 까닭이다. 누구도 그대에게 앎을 줄 수 없다. 그대가 바로 앎 자체이기 때문이다.

그대가 대학에서 얻을 수 있는 것은 생명력이 사라진 모방된 정보일 뿐이다. 그것은 수많은 사람들의 손을 거치며 빛이 바래고 썩어가고 있는 옅은 지식이다. 이렇게 수세기를 내려온 지식을 애써 품으려 하지 말라. 자신으로부터 창조하라. 그것만이 최선의 앎이고 새로움이다.

쉬운 것이 옳다. 그대가 옳다

물라 나스루딘의 아내가 오랫동안 병을 앓다가 숨을 거두고 말았다. 나스루딘은 땅을 치며 통곡하였다. 얼마나 많은 눈물을 흘렸는지 그의 옷이 흥건하게 젖을 정도였다. 마을 사람들이 그를 위로하였다.

"여보게. 이제 그만 하게. 고인도 자네의 마음을 잘 알 거야."

며칠 뒤 그를 만난 한 친구가 그에게 말했다.

"장례식장에서 통곡하는 자네를 보고 나는 정말 감동했다네. 예전엔 자네가 아내를 그렇게 사랑하는 줄 몰랐어."

그러자 나스루딘은 친구에게 눈을 흘기며 말했다.

"허허, 자네도 속아 넘어 갔구먼. 내가 그 눈물을 흘리기 위해 물을 몇 바가지나 들이켰는지, 아직도 속이 출렁거린다네."

❖

모든 인간의 존재는 의식이 출렁이는 그 이외에 아무것도 아니다. 그대가 떠나든 말든 하늘에는 빛이 반짝이고 수풀은 그대로 푸르다.

하늘을 보라. 땅을 보라. 우리는 파도이다. 그대가 자신이 파도라는 사실을 이해하는 순간 스스로의 부존재를 깨달았음을 의미한다. 오직 바다만이 존재할 뿐. 그러므로 바다가 물결치면 그대는 자신을 느끼고 바다가 잔잔해지면 그대는 없다.

세상의 유물론자들은 육체만을 믿는다. 정신분석가들은 육체의 산물인 마음만을 믿는다. 하지만 육체가 죽으면 마음 또한 사라져 버린다. 그러니 그대가 무엇을 할 수 있단 말인가.

불필요하게 사람들에게 상처를 주어 가면서, 마음은 그대의 영원한 친구가 되지 않을 것이고 육체 또한 마찬가지이다. 다만 그것들을 사용하라. 만일 그대가 무엇인가를 피하고 억압하며 어떤 사실을 회피하려 하고 있다면 그대의 삶은 매우 추한 현상이 되고 말 것이다.

그때 당신은 결코 자신의 삶을 살아갈 수 없을 것이다. 그대는 결코 자신에게 편안해질 수 없다. 불편한 것은 모두 떨쳐 버려라. 그리고 명심하라. 쉬운 것이 옳다.

그대만의 세계를 주시하라

뮬라 나스루딘은 동네 사람들과 함께 아내의 장례를 치렀다. 그런 다음 아직도 눈물을 흘리고 있는 처제와 함께 장의차를 타고 묘지를 나왔다.

그런데 차 안에서 처제는 문득 나스루딘의 손이 그녀의 허벅지를 더듬고 있음을 느끼고 깜짝 놀랐다. 처제는 그의 뺨을 때리며 이렇게 소리쳤다.

"이런 악마 같으니라구……. 언니의 시신이 채 식기도 전에 이게 무슨 짐승 같은 짓이예욧!"

이 말을 들은 나스루딘은 슬픈 목소리로 대답했다.

"처제. 내 가슴의 슬픔이 아직도 식지 않았는데 내 자신이 무슨 짓을 하고 있는지 어떻게 알아차릴 수 있겠어?"

❖

　세상의 도처에 사랑이 널려 있다. 그토록 많은 사람들이, 그토록 많은 세계 속에서 사랑이란 이름으로 위선과 죄악을 저지르고 있다.

　어머니의 사랑, 아버지의 사랑, 아들의 사랑, 형제의 사랑, 아내, 남편, 친구, 성직자, 정치가의 사랑 등등. 실로 모든 사람들이 사랑을 노래부르고 있다. 하지만 그들의 눈을 보라. 거기에는 불행만이 가득하다. 그것이 어찌 사랑이라 이름 붙일 수 있단 말인가.

　그 안에는 질투와 소유욕, 분노, 증오, 지배욕 등 온갖 추한 오물들이 가득차 있지 않은가. 그 판도라의 상자의 뚜껑을 열어 보라. 거기에는 희망이란 최후의 선물조차 담겨져 있지 않다.

생의 본연을 관조하라.
결국은 빈손이리라

한밤중이었다. 뮬라 나스루딘의 집에 도둑이 들었다. 나스루딘은 그 사실을 알고 눈을 떴지만 일어서지 않고 가만히 누워 있었다. 잠시 후 도둑은 집안의 가재도구를 모조리 싸들고 밖으로 나갔다. 그런데 발이 문지방에 걸려 그릇 몇 개가 떨어졌다. 도둑은 와장창 요란한 소리가 나자 주인이 깰 줄 알고 가슴이 덜컹했는데 의외로 아무런 반응이 없었다.

그래서 '이상한 주인도 다 있군.' 하면서 밤길을 걸어가는데 뒤에서 누군가가 따라오는 발자국 소리가 들려왔다. 깜짝 놀라 뒤돌아보니 나스루딘이었다. 도둑이 아무렇지도 않은 듯이 그에게 물었다.

"아니 당신, 왜 나를 쫓아오는 거요?"

그러자 나스루딘이 말했다.

"그게 아니라……, 나는 집안의 가재도구를 따라서 이사를 하고 있는 것입니다. 가재도구가 없는 집은 아무런 쓸모가 없으니까요. 당신이 그것들을 가져다놓는 곳이 내가 머물 곳이라오."

이 말에 도둑은 '이거 찰거머리에게 잘못 걸렸구나' 생각하고 나스루딘에게 사정했다.

"제가 잘못했습니다. 이걸 돌려드릴테니 그만 돌아가십시오."

그러자 나스루딘이 단호하게 소리쳤다.

"그럴 수는 없소. 나는 지금 당신을 도둑이라고 생각하지 않으니까. 이제 새 집에서 살 생각을 하니 가슴이 벅차 오르는군. 빨리 목적지까지 이 짐들을 옮겨 주시오. 그러지 않으면 경찰을 부르겠소."

❖

이 세상에 그대의 물건은 아무것도 없다. 모든 것은 세월이 감에 따라 어디론가 옮겨지고 스러질 뿐이다. 영원히 소유할 수 있는 것은 없다. 그대 자신의 육체도 마찬가지이다.

어쩌면 삶이란 없는 것인지도 모른다. 유한한 것은 시간이고 그대는 무한하다. 집착하지 말라. 다만 어둠의 안개속을 헤쳐가면서 참다운 죽음으로 가는 올바른 길을 찾아갈 뿐이다.

그 길로부터 그대는 죽음을 바라볼 수 있다. 삶의 도둑을 아름답게 맞이하라. 그리고 그가 인도하는 새로운 집으로 침잠하라. 그는 결코 거부할 수 없다. 왜냐하면 그대는 소유하지 않는 사람이기 때문이다.

말을 할 때는 조심하라. 절대적인 확신이란 없으므로

 물라 나스루딘에게 좋은 술이 몇 병 있었다. 어느 날 그의 집에 저명한 주류 감정사가 찾아오자 나스루딘은 기회를 놓칠세라 그에게 자신의 술을 감정해 달라고 부탁했다.

 그는 자신이 가진 가장 좋은 술을 꺼내 보여 주었다. 그런데 감정사는 술맛을 음미하더니 아무 말도 하지 않았다. 술이 마음에 들지 않는다는 뜻일까. 은근히 속이 상한 나스루딘은 제일 나쁜 술을 내놓았다. 이 술을 맛본 감정사는 탄성을 발했다.

"아, 참 좋은 술입니다."

어리둥절해진 나스루딘이 물었다.

"알 수가 없군요. 그 술은 우리 집에서 제일 좋지 않은 술인데요."

그러자 감정사는 웃으며 말했다.

"오해하지 마십시오. 사실 좋은 술에 대해서는 말이 필요 없는 법입니다. 하지만 이 술에 대해서는 뭔가 칭찬이 필요하기 때문에 그렇게 한 것입니다. 술에게도 감정이 있으니까요."

◈

자신의 확신을 주장하는 사람은 천박하다. 왜냐하면 그는 절대적인 무엇이 세상에 없다는 점을 알지 못하는 사람이기 때문이다.

모든 것은 상대적이다. 가는 것이 있으면 오는 것이 있다. 가면서 올 때를 아는 마음이야말로 진실한 마음이다. 그 반대의 경우도 마찬가지이다. 그러므로 그대의 웃음 속에 슬픔이 없다면 천박하다. 슬픔은 그 안에 미소가 없다면 죽은 것이다. 그들은 반대가 아니라 하나이기 때문이다. 그대가 슬픔을 갈무리하며 내면으로 웃을 때 그 웃음에는 깊이가 있다. 그대가 미소지으며 슬픔을 표시할 때 그 안에는 환희가 있다.

삶은 열차의 칸막이처럼 나누어진 것이 아니다. 삶은 그 두 언덕을 맞대고 흐르는 강물이다.

성공과 실패라는……
그대는 내면에 씨앗을 가지고 있다.

물라 나스루딘이 정원에서 아이에게 이야기를 해 주고 있었다. 한 가지 이야기가 끝나자 아이는 하나만 더 해 달라고 졸랐다. 그러자 나스루딘은 억지로 이야기 하나를 만들어냈다.

"아침에 일찍 일어나는 벌레가 있었지. 그 벌레는 부모님들에게 아침에 일찍 일어나는 것이 좋다는 이야기를 듣고 그대로 행하는 착한 벌레였단다. 그런데 어느 날 아침 여느 때와 마찬가지로 일찍 일어나서 나뭇잎을 갉아먹다가 일찍 일어난 새에게 잡혀 먹히고 말았단다."

이 말을 들은 아이는 얼굴이 발갛게 상기되어 물었다.

"그럼 다른 벌레들은 어떻게 되었어요? 그 벌레 보다 늦게 일어난 벌레들 말이에요?"

"응, 그 벌레들 말이지? 그런 게으름뱅이 벌레들은 너와 같은 장난 꾸러기 아이들에게 잡혀 죽고 말았어."

이 말에 아이는 몹시 헷갈리기 시작했다. 그래서 가까이 다가서며 물었다.

"그게 무슨 말이에요? 벌레들이 다 죽어 버렸네요. 그 이야기의 주 제가 뭐예요?"

나스루딘이 시큰둥하게 대답했다.

"응 그건……, 죽지 않는 건 아무것도 없다는 거야."

신은 하나의 반응이다. 그것은 존재의 메아리다. 그대가 산에 올 라가 뭔가를 소리치면 산은 메아리로 화답한다. 생명계 전체가 그대 안에서 메아리치고 있다.

그대가 하는 무엇이든지 그대에게 되돌아갈 것이다. 이것이 바로 업(業)이다. 그것은 단순하다. 그대가 누군가를 모욕하면 다른 어느 생에선가 똑같은 사람이 그대를 모욕할 것이다.

어리석음과 바보짓에서 벗어나라. 법칙은 언제나 정확하게 작용한 다. 그것은 항상 이렇게 말한다.

"그대가 뿌린 것, 그대는 그것을 거두리라."

육체에서 마음이 나온다. 그 마음을 비워라

어느 날 경찰관 한 사람이 뮬라 나스루딘의 팔을 잡아끌고 순회판사를 찾아왔다. 경찰관은 씩씩거리며 판사에게 말했다.

"판사님. 이 사람이 길 한가운데서 버티고 서 있길래 잡아왔습니다. 저는 처음에 취객이나 정신병자인줄 알았는데 멀쩡한 거예요. 그런데 아무리 비키라고 해도 말을 듣지 않았습니다. 이건 명백한 공무집행방해죄에 해당합니다."

이 말을 들은 판사는 나스루딘에게 물었다.

"여보게. 자네는 왜 경찰관의 경고를 무시한 건가?"

그러자 나스루딘이 대답했다.

"판사님, 저는 아내의 법과 정부의 법 사이에서 고민했습니다만 아내의 법을 따를 수밖에 없었습니다."

"그게 대체 무슨 말인가?"

"아내가 제게 열두 시 정각에 그 길 한가운데서 만나자고 했거든요."

그러자 판사가 웃으며 선고를 내렸다.

"그렇다면 자네는 무죄일세. 그만 집으로 돌아가게. 남편이 어떻게 아내의 말을 듣지 않을 수 있겠나?"

◇

여성의 원리는 천국과 지옥 사이에 놓여진 사다리와 같다. 그대는 사다리를 통하여 어디로든 갈 수 있다. 그대여, 여성 없이는 아무 일도 일어나지 않는다. 여성의 에너지는 가장 어두운 골짜기의 가장 환한 봉우리의 사다리이다. 이 이치를 생각하라.

성경을 보라. 세상은 아담이 아니라 이브로부터 시작되었다. 뱀은 아담을 설득할 수 없었다. 모든 것은 여성을 통해서 이루어지기 때문이다. 그대가 남자라 할지라도 여성을 통해서 세상에 나오지 않았는가.

아담은 흙이며 외적이며 육체이다. 신은 그로부터 정밀하고 세련된 정신, 이브를 만들었던 것이다. 이브는 흙으로부터 나올 수 없었다. 이브는 가슴이다. 그러기에 이브는 아담에 비해 더욱 높은 단계일 수밖에 없었다.

때문에 남성은 흙의 길, 육체의 길을 걸어야 한다. 여성은 마음이다. 육체는 마음을, 갈비뼈를 갖지 못하면 아무것도 아니다. 육체는 마음이 준비되지 못하면 아무 일도 할 수 없다. 심지어 자신을 파멸시키는 병균까지도 그렇다.

보라. 뱀은 이브를, 마음을 유혹했다. 그것은 당연하다. 육체는 마음을 따라오기 때문이다. 그렇지 아니한가. 그대가 한번 마음먹으면 변화하려 하지 않는다. 오로지 그 마음의 굳셈을 자랑스러워하지 않는가.

그대의 가장 외면적인 가슴이 육체이다. 그리고 여성은 내면의 영혼이다. 그 사이에 정신과 마음이 존재한다. 아담은 영혼을 따라왔다.

생각하는 힘은 뱀에게서 왔다. 생각은 뱀이다. 그것은 교활하고 영리하며 기만적이다. 그것은 무의식의 어둠 속에서 조금이라도 그대의 경계가 산만해지면 고개를 쳐든다. 그리고 유혹한다.

때문에 예수는 생각의 본령인 이브를 통해서가 아니라 순수한 명상의 이미지인 마리아를 통해서 세상에 나왔다. 순결을 통하여 뱀으로부터 유전된 마음을 비워버리기 위해 출현한 것이다. 그러므로 마음을 비운다는 것은 아름답다.

이것은 인간 존재의 가장 위대한 비유이다. 명상하라. 이브를 통해 아담은 에덴에서 쫓겨났다. 마리아를 통해 예수가 나와 다시 신의 세계로 돌아갔다. 그렇다. 이것이 바로 그대가 찾아가야 할 인간의 참모습이다.

작은 일에 관심을 기울여라 그로부터 현명해진다

뮬라 나스루딘이 미국에 가기 위해 난생 처음 여객선을 탔다. 그런데 항해한 지 얼마 지나지 않아 그는 심한 배멀미를 시작했다. 그는 아무것도 먹지도 마시지도 못하고 계속 토하기만 했다. 그는 너무나 고통스러워서 선장을 찾아갔다.

"선장님, 어떻게 하면 이 고통을 멈출 수 있겠습니까? 정말 너무 괴로워서 죽을 것만 같습니다."

그러자 선장은 말했다.

"걱정 마십시오. 제가 20년 동안 배를 탔지만 여태까지 멀미로 죽은 사람은 보지 못했습니다."

이 말에 물라 나스루딘은 뱃전에 자신의 머리를 두드리며 신음했다.

"아아, 차라리 죽는 게 낫겠습니다. 그런데 왜 여태까지 배멀미로 죽은 사람이 한 사람도 없는 겁니까?"

⬦

깨달음은 결코 우연히 오지 않는다. 현명함은 깨달음을 얻기 위한 첫째 조건이다. 현명하라. 현명하게 행동하라.

그대여. 어느 날 갑자기 깨달음이 일어나 그대가 천재가 되리라는 생각은 버려라. 그대가 현명해져야만 깨달을 수 있다. 그대의 에너지를 증진시키기 위해서는 무한하고 예리한 지성이 요구된다. 우둔한 사람은 결코 그와 같은 일을 할 수 없다.

지성을 개발하려면 우선 작은 일부터 관심을 기울여라. 길을 걸을 때나 대화를 나눌 때, 샤워를 할 때, 그 어떤 경우라도 스스로를 의식하라.

이런 의식은 식사나 명상, 섹스중이라도 마찬가지로 지속되어야 한다. 어떤 상황에 처해 있더라도 깨어있도록 하라. 힘들고 어려운 일이겠지만 불가능하지 않다. 서서히 먼지가 걷히고 그대의 거울과 같은 의식이 떠오를 것이다. 그리하여 현명하게 되는 것이다.

깨달음을 얻기 위해서는 또한 현명한 삶을 살아야 한다. 만일 그대가 두 여자의 사랑 때문에 고뇌하고 있다면, 그리하여 그녀들로부터 선택의 열쇠를 위임받았다면 어떻게 할 것인가.

그대는 분명 재빨리 선택하지 않으면 안 된다. 만일 그대가 망설인다면 그 만큼 자신의 삶이 파괴되고 말 것이다. 그대의 정신은 사분오열되어 끝없는 나락으로 떨어지고 말 것이다.

그대는 이처럼 매사에 있어 선택을 해야만 한다. 한 사람이 동시에 두 방향으로 나아갈 수는 없다. 그대는 무엇인가를 포기해야 한다. 그렇게 하지 않으면 한 방향으로 나아갈 수 없다.

현재의 생활을 들여다 보라. 그러면 스스로의 삶이 얼마나 우둔한가를 확인할 수 있을 것이다.

그대는 책에서 신이라는 단어를 읽고 나서 자신이 신을 알고 있다고 생각한다. 그리하여 기꺼이 신에 대한 논쟁에 뛰어든다. 그 싸움에서 그대는 다른 책을 읽은 상대편의 모든 것을 부정한다. 이 처절한 전장에서 그대는 누군가를 죽이거나 스스로 죽을 각오까지 한다.

이렇게 해서 얼마나 많은 기독교도, 회교도, 힌두교도들이 죽어갔는가. 참으로 미련하다. 한 사람은 성경을, 또 한 사람은 기타를, 또 한 사람은 코란을 위해 생명을 걸고 있는 것이다. 그대는 어떠한가?

인간은 어리석다. 그것은 모든 사람이 똑같이 행동한다고 해서 현명하다고 할 수 없기 때문이다. 만일 그 무리들이 바보들이라면 그대 역시 바보가 아닌가.

지식 있는 자가 아니라 아는 자가 되라. 그러면 그대는 현명한 삶을 누리게 된다. 현명이란 기본적인 도덕이며 미덕을 말한다. 만일 그대가 현명하다면 그대는 타인에게 결코 해를 입히지 않을 것이다.

또한 스스로를 해치는 행위도 하지 않을 것이다. 삶은 참으로 귀중하므로 헛되이 낭비해서는 안 된다.

지나간 시간은 돌아오지 않는다. 그것은 곧 기회를 상실하는 것이다. 현명함이란 결코 후회가 없도록 삶을 충실하게 살아가는 것이다. 최선을 다하는 것이다.

의식이 최상의 상태에 있을 때 깨달음이 일어난다. 그러므로 깨달음을 기다리지 말고 자신을 최상의 상태로 데려가라.

그대는 그 동안 우둔해지는 법을 배워왔다. 맑은 어린이의 세계에서 점점 억압과 지배, 굴종의 세계로 걸어왔다. 세상은 그런 사람을 원한다. 그들은 결코 현명한 사람을 원하지 않는다. 오로지 기계의 톱니바퀴처럼 정돈되고 효율적인 사람, 평생을 직장과 가정을 왕복하는 사람을 원한다.

모두가 그렇게 우둔한 삶을 산다. 그리하여 그대의 유일한 탈출구는 죽음뿐이다. 그리고 그것은 내일 내일 하면서 기다리면 반드시 온다. 죽음이 자신을 구원해 주길 원하는 그런 삶, 그게 바로 그대이다.

명심하라. 그대의 본질은 현명하다. 우둔한 현실은 강요된 것이고 세뇌된 것일 뿐이다. 먼지를 제거하라. 그리하여 깨끗한 거울의 빛을 찾아내라. 그 회복의 과정이 바로 깨달음이다. 이미 그것은 그대의 내면에 있다.

자신의 삶을 자신의 방법대로 살라. 노력하라. 그것이 스스로의 때를 벗겨내는 방법이다. 이러한 노력을 통해 그대는 현명해질 것이다.

그대는 아무것도 아닌 것을 위해 존재하고 있다

물라 나스루딘이 미국에 가서 제일 처음 본 것은 커다란 자동차였다. 그는 고향에서 우마차보다 큰 차를 본 적이 없었다. 그 다음 본 것이 빌딩이었다. 그의 고향에서는 이층집이 제일 큰 집이었다. 그런데 백층도 넘는 빌딩이 즐비한 거리를 보니 벌어진 입이 다물어지지 않았다.

그리고 나서 나스루딘은 나이아가라 폭포를 구경하였다. 그는 마치 꿈을 꾸고 있는 것만 같았다. 그의 고향에도 폭포는 있었다. 하지만 이렇게 엄청나게 큰 폭포는 상상조차 하지 못했다.

그는 죄 지은 사람처럼 안내인의 뒤를 졸졸 따라다녔다. 이렇게 돌아다니다가 그의 눈에 조그만 강의 교차로가 보였다. 그는 이때다 생각하고 큰 소리로 말했다.

"저런, 쯧쯧쯧. 어떤 사람의 차가 고장이 심하게 났구먼. 냉각 장치에서 물이 줄줄 새고 있잖아?"

❖

사물들은 그대의 아집 때문에 계속해서 더 크게 변하고 있다. 아무 필요도 없는 것들이 그대의 삶에서 중요시되고 있는 것이다. 돈도 마찬가지다. 그대에게 있어 돈은 세상에서 가장 크고 위대한 신처럼 보인다. 사람들은 신을 대하듯 돈을 대하고 기도를 한다.

아마도 그대는 깜짝 놀랄 것이다. 종교의 나라라는 인도에서는 디왈리라는 축제를 벌이면서 돈을 숭배하는 의식을 벌이는 것을 보면 말이다. 그때가 되면 사람들은 돈을 쌓아놓고 찬송하며 성직자들은 그 앞에 꽃을 바치기까지 한다.

이렇듯 사람들은 물질에 깊이 빠져 있다. 그대가 조금만 깨어난다면 그 사실을 인식하게 될 것이다. 스스로의 공허를 깨달으라. 그리하여 자신의 내부로 들어가라. 그렇다면 비록 외부적으로 그대가 거지처럼 보일지라도 그대가 쌓은 진실한 부는 누구에게도 빼앗기지 않을 것이다. 심지어 죽음조차도 범접하지 못한다.

작은 명상의 촛불을 켜고 자신의 내부에 있는 보물을 찾아내라. 그대의 집으로 돌아가라.

수수께끼는 어떤 지식으로도 풀리지 않는다

물라 나스루딘이 미국 여행 중에 아이들에게 줄 선물을 사기 위해 장난감 가게에 들어갔다. 그는 아이들이 좋아할 것같은 장난감 퍼즐을 골랐다. 그리고 짝을 맞춰보았는데 맞는 것이 하나도 없었다. 그는 고개를 갸웃거리며 점원에게 물었다.

"아니 이것들이 대체 완전한 겁니까? 나는 아무리 짝을 맞추려고 해도 맞질 않아요. 아이들은 이걸 다 맞출 수 있는 겁니까?"

그러자 점원이 대답했다.

"아뇨. 그럴 수가 없어요. 이 퍼즐들은 본래 짝이 맞지 않게 나왔습니다. 이건 단지 아이들에게 궁금증을 주기 위해 만들어진 겁니다."

이 세상에서 성공하려면 더 많은 거짓말을 해야만 한다. 거짓말쟁이가 되어야 한다. 그리하여 자신이 가진 많은 진실한 것들을 집어던져야 한다.

그대여, 완전한 성공자가 되어라. 그렇게 되면 세상 저쪽에서 그대는 완전한 실패자가 될 것이다.

길이 없으므로 걸어가라. 결코 돌아서지 말라

뮬라 나스루딘에게 스승이 심부름을 시켰다. 그것은 산 너머에 있는 마을에 가서 책을 한 권 사 오는 일이었다. 하늘에서는 천둥 번개가 치고 장대비가 쏟아지는 날이었다. 나스루딘은 겁먹은 목소리로 물었다.

"스승님, 내일 가면 안 될까요? 비가 너무 많이 와서 제가 가까스로 그 마을에 도착한다고 해도 돌아오지 못할 것 같습니다."

그러자 스승은 소리쳤다.

"네가 당장 가지 않으면 그 마을은 사라지고 말 것이다. 내일이면 그 마을은 이미 홍수에 떠내려가고 없을 테니까 말이다."

179

만일 그대가 위험한 삶을 원치 않는다면 자살하는 편이 더 낫다. 그러면 이 세상의 무거운 짐을 질 필요가 전혀 없을 것이다. 그대는 불행조차 느끼지 않을 것이다. 이때 불행은 그대에게 아무런 영향도 미치지 않고 끊임없이 진행되는 하나의 틀에 불과할 것이다.

지나치게 신중하지 말고 모험심을 가져라. 그대는 언젠가 실수를 저지르게 될 것이다. 하지만 실수는 잘못이 아니다. 보라. 길을 잃은 사람은 다시 되돌아갈 수 있지만 어디에도 갈 수 없는 사람은 이미 죽은 사람이다.

자신의 일을 뒤로 미루지 말라. 내일, 아니 바로 지금 이 순간 이후에도 그대가 세상에 존재할 것이라는 허튼 믿음을 버려라. 어쩌면 지금이 그대의 유일한 순간이다. 그러므로 지금 이 자리가 그대의 유일한 장소라고 생각하라.

그대는 이미 그 자체로 준비되어 있다. 이 순간에 몰입하기 시작할 때 그대는 중심을 향하여 달려가고 있는 것이다. 깨달음은 그대의 꼬리에 매달려 있다. 뒤돌아보지 말라. 돌아보는 그 순간부터 그대는 하릴없이 쳇바퀴만을 도는 다람쥐가 되고 만다.

자신의 진정한 모습에 귀를 기울여라

자신이 모기라고 주장하는 사람, 자신이 록펠러라고 주장하는 사람 등등 온갖 정신 나간 사람들이 모여있는 왁자지껄한 정신 병원에 물라 나스루딘이 나타났다. 의사는 그를 보고 깜짝 놀랐다.

"아니, 나스루딘, 어떻게 된 일이오? 당신은 화가가 되었습니까?"

병원에 온 나스루딘은 베레모를 쓰고 수염을 길렀으며 파이프를 물고 있었기 때문이었다. 나스루딘은 의사의 물음에 슬픈 표정을 지으며 말했다.

"아닙니다. 저는 화가가 아닙니다."

"그럼 대체 그게 무슨 꼴이오?"

"이 모습이 제가 당신을 찾아온 이유입니다. 저는 이런 모습을 절대로 원치 않습니다. 모두가 제 아버지 때문입니다. 아버지는 제가 화가가 되어야 한다고 고집하고 계십니다. 아아, 정말 미칠 지경입니다. 대체 저는 어떻게 해야 하나요?"

양보를 통해서는 아무것도 일어나지 않는다. 양보는 그대 안에서 조화를 잃게 한다. 그러므로 화나는 일이 있다면 화를 내라. 철저하게 화를 내라. 그로 인하여 일어나는 위험조차 무릅써야 한다. 그것이 조화로 가는 길이다.

실로 많은 사람들이 자신의 목소리를 내지 못하고 이끌리며 살아가고 있다. 하지만 삶은 자신의 내면을 찾아가는 길이다. 타인의 목표에 박자를 맞추는 것이 절대 아니다.

자신의 궁극적인 목표를 직시하라. 그렇지 않다면 그대는 정신병원에 들어가야만 한다. 감언이설에 귀기울여서는 안 된다. 그것은 자신을 포기하는 일이다. 주변의 기대와 희망을 포기하게 하라. 그 순간부터 자신에게 충실하라.

그대를 지배하는 적대감을 날려 버려라

뮬라 나스루딘이 순회판사로 임명되었다. 그래서 그는 전국 각처를 순회하면서 범죄자들을 심판하였다. 그런데 어느 마을에 가 보니 며칠이 지나도록 사건이 일어나지 않았다. 좀이 쑤신 나스루딘이 서기를 불러 물었다.

"여보게. 이런 일은 처음일세. 대체 이 마을 사람들은 아무런 잘못도 저지르지 않는다는 말인가?"

그러자 서기는 웃으면서 말했다.

"판사님, 걱정하지 마십시오. 인간의 생리를 잘 아시지 않습니까? 아무리 조용한 마을이라도 사고는 반드시 일어나게 되어 있습니다. 그것이 바로 그들의 본성이니까요."

◇

기다림을 떨쳐 버리고 있는 그대로 행하라. 기다림은 사고의 과정이고 있는 그대로는 바로 존재이다. 살아라. 그대가 최대한 많이 가능한 한 강렬하게 최대한의 정열을 바쳐 살아라.

생에 대한 그대의 정열적인 사랑을 통해 진실한 삶에 대한 정열의 불꽃을 통해 그대의 욕망은 타서 재가 되어 버린다. 그 재와 함께 날개짓하는 자신의 새를 보게 될 것이다. 그것은 노력과는 상관없는 것이다. 단지 다가올 뿐이고 일어날 뿐이다.

긴장을 풀고 편안한 마음으로 걸어가라. 누군가와 서로 충돌하게 되면 그 충돌을 바라보라. 일어나는 일은 그것이 어떤 상황이든지간에 일어나고 만다.

거기에 그대가 무슨 일을 할 수 있겠는가? 충돌을 존중하라. 충돌이나 갈등이 없기를 바라지 말라. 그것은 본래 일어나기로 예정되었던 것임을 알라.

물라 나스루딘이 열심히 돈을 벌어 마침내 정원이 딸린 아름다운 집을 샀다. 그는 너무나 기뻐서 집안 구석구석을 청소한 다음 정원을 가꾸면서 행복감에 젖었다. 그날로 나스루딘은 사람들을 불러모아 파티를 열고 자기 집을 자랑하였다. 그런데 얼마 지나지 않아 그는 집에 싫증이 나기 시작했다. 매일 보는 정원과 바깥 풍경, 똑같은 주변 인물들이 지겨워졌던 것이다. 급기야는 자신이 그 집에 갇혀 있는 것만 같이 느껴졌다.

나스루딘은 마침내 자신에게 집을 소개했던 부동산 중개인을 불러 집을 내놓았다. 이튿날 그가 신문을 펼쳐보니 자신의 집을 팔겠다는 광고가 사진과 함께 실려 있었다. 그런데 흐뭇한 기분으로 그것을 읽어보던 나스루딘의 마음이 바뀌었다. 그는 재빨리 부동산 중개인에게 전화를 걸어서 이렇게 말했다.

"죄송합니다. 집을 팔지 않겠습니다. 왜냐고요? 당신이 낸 광고 때문이지요. 그걸 보니 이 집이 얼마나 오랫동안 내가 간절하게 원하던 것이었는지를 새삼 깨닫게 되었다는 말입니다."

✤

자신의 소망을 잊은 사람은 항상 남에게서 그 결과를 찾으려고 한다. 자신의 것이 보잘것없어 보이는 까닭이다. 그는 누군가가 오랜 인고의 세월 끝에 이룩한 깨달음을 한 순간에 자신의 것으로 만들고 싶은 욕망에 가득 차 있다.

그대는 자신을 의심하는 자이다. 그대는 자신이 진정으로 가지고 있는 아름다움을 모르고 있다. 때문에 타인이 그대의 것을 원하면 아무런 생각 없이 버릴는지도 모른다.

사랑도 마찬가지다. 그대는 자신의 사랑을 확인할 필요가 없다. 그렇지만 그대의 의심은 한없이 그것을 확인하려고 애쓴다. 그것은 타인들의 것과 비교하여 키를 재려고 한다.

그대는 이미 그대 안에 모든 것을 가지고 있다. 행복, 깨달음, 심지어 신조차도 그대와 함께 하고 있음을 알라. 문제는 그대가 그 모든 것들을 보지 못하고 있음이다.

자신의 존재를 외면하기 전에 두 걸음 뒤로 물러서라. 그리고 바라보아라. 그대의 집은 아름답다.

그대의 신을 그대의 손 안에 있다

뮬라 나스루딘이 마을에 작은 학교를 열었다. 그리고 각처에서 사람들을 불러 기념식을 열었다. 한 친구가 그에게 다가가서 물었다.

"이봐. 나스루딘. 자네는 이 학교에서 무엇을 가르치려고 하나?"

그러자 그가 대답했다.

"내가 아이들에게 가르쳐주고 싶은 것은 단 두 가지 뿐이네. 그것은 신을 두려워해야 한다는 것과, 아침에 일어나서 세수를 할 때 목의 뒤를 꼭 닦아야 한다는 것이지. 그렇게 되면 보이지 않는 곳에 신이 있다는 걸 알게 될 것 아니겠나?"

그대의 신은 이 세상의 일부이다. 아이들의 목 뒤에 있는 세계 역시 이 세상의 일부이다. 이런 그대의 이유 때문에 온갖 신들과 경전과 의식이 시장에 놓여지게 되었다.

사람들은 필요하면 신을 살 수 있다. 일용품처럼 자신의 집안에 들여놓을 수도 있다. 하지만 진정으로 그대가 기다리는 신은 그런 물건이 아니다. 그대의 신은 그대 존재의 탈바꿈이며 그대 자신의 내면에 깊이 도사리고 있는 운명과도 같다.

그런 면에서 신은 방랑자이다. 그에게는 어떤 보금자리도 없다. 그의 여행길은 시작만이 있을 뿐 결코 끝이 없다. 그 자신도 어디로 가고 있는지 모른다. 단지 보이지 않는 세계로 끊임없이 걸음을 옮기고 있을 뿐이다.

때문에 신은 그대가 전혀 기다리고 있지 않을 때 다가온다. 신은 그대가 완전히 욕망을 망각하는 순간 다가온다. 신은 욕망이 없는 순간에만 다가온다.

그렇게 신은 문득 다가온다. 그대가 신을 기대하고 있을 때 그는 보이지 않는다. 하지만 그대가 아무런 욕망이 없는 상태일 때 신도 자신의 마음을 열고 나타난다.

집착하지 말라. 돌아보지 말라

물라 나스루딘의 먼 친척이 갑자기 죽었다. 그래서 그의 엄청난 재산이 나스루딘에게 상속되었다. 갑자기 부자가 된 나스루딘은 그 동안의 가난을 보상이라도 하듯 흥청망청 돈을 쓰고 다녔다. 그러던 어느 날 그는 나라 안에서 제일 유명한 화가를 불러 아내의 초상화를 그려 달라고 부탁했다.

"재료를 아끼지 말고 최고의 작품을 만들어 주시오. 그리고 명심할 것은 아내를 온갖 보석으로 아름답게 장식해 주셔야 합니다."

며칠 후 화가는 완성된 그림을 나스루딘에게 가져왔다. 그 그림은 그의 아내를 아름답게 묘사하고 있었다. 어쩌면 실제 인물보다 더 나앉다. 그런데도 나스루딘은 얼굴을 찌푸렸다.

"좋아요. 다 좋은데 마음에 걸리는 것이 있어요. 보석을 좀더 많이 그려 넣을 수는 없겠소?"

❖

예수는 그대에게 이렇게 말한다. 집착하거나 뒤를 돌아보지 말라고……. 그대는 누군가가 자신을 알아주기를 목메어 기대하고 있다. 그런 식으로 자꾸 현재의 중요한 그 무엇을 놓치고 있는 것이다.

그대가 전생을 볼 수 있다면, 자신이 지난 숱한 세월 동안 똑같이 태어나고 똑같은 짓을 되풀이해 왔으며, 진절머리나게도 똑같은 욕망과 탐욕과 증오를 되풀이해 왔음을 알게 될 것이다. 그리하여 자신을 바꾸어야만 한다는 사실을 직시하게 될 것이다.

과거 생애에 성취했던 많은 것들이 거품에 불과했다는 것을 알 것이고, 또 다시 그것을 추구해야 할 아무런 이유가 없음을 깨닫게 될 것이다.

'손에 쟁기를 들고 뒤를 돌아보는 자는 하나님의 나라에 합당치 아니하리라'라는 예수의 말을 들어라. 과거는 과거이고 현재는 현재일 뿐이다. 전생에서 오늘에 이르는 오래된 넝마를 벗어 던져라. 그대의 삶을 보라. 그리고 깨어나라.

자신을 내보이려 하는 이여, 발길을 돌려라

어느 날 마을에 커다란 서커스단이 들어왔다. 원숭이가 징을 치고 코끼리가 춤을 추며 사람들을 불러모았다. 마침 일 없이 허송세월하고 있던 나스루딘은 서커스 단장을 찾아가 말했다.

"서커스단에서 일하게 해 주십시오. 저 같은 난쟁이가 꼭 필요하실 겁니다."

이 말에 단장은 어이없는 표정이 되었다.

"여보시오. 당신이 난쟁이라고? 당신 키는 우리 서커스단에 있는 그 누구보다도 큰 것 같은데……."

그러자 나스루딘은 고개를 저으며 말했다.

"맞습니다. 당연한 말씀입니다. 하지만 다시 한번 심각하게 제 말을 들어주십시오. 저는 세상에서 제일 키가 큰 난쟁이란 말입니다."

◈

인간은 끊임없이 자신을 돋보이고 싶어한다. 어떤 수단과 방법을 가리려 하지 않는다. 그대는 특별한 존재가 되고 싶다. 그러나 그대여. 거꾸로 돌아가라.

특별한 존재가 되고 싶다면 평범하게 되어라. 사람들은 모두가 특별한 무엇을 향하여 돌진하고 있으므로. 증명하려 하지 말라. 욕망하지 말라.

지금은 모든 욕망을 멈추어야 할 시간이다. 모든 탐욕을 멈추어야 할 시간이며, 모든 질투를 멈추어야 할 시간이다. 그대 자신의 내면을 들여다보며 본래의 얼굴을 만나야 할 시간이다. 세상의 그 누구보다도 평범할 때 그대는 신비로워진다.

마음을 버려야 신에 기거할 수 있도록

한 성당에서 연회가 벌어졌다. 물라 나스루딘도 초청을 받아 가보니 주임 신부와 나란히 앉게 좌석이 지정되어 있었다. 여러 의식이 끝나고 식사가 나오자 곁에 있던 신부가 그에게 음식을 권했다.

"자, 나스루딘, 여기 구운 돼지고기를 좀 드셔 보세요. 참 맛있습니다."

그러자 나스루딘은 얼굴을 찡그리며 대답했다.

"죄송합니다. 저는 종교적인 이유 때문에 돼지고기를 먹지 않습니다."

이 말에 신부는 혀를 찼다.

"거 참 안됐군요. 이렇게 맛있는 고기를 먹을 수 없다니……."

이렇게 해서 연회가 끝나고 헤어질 때가 되었다. 나스루딘은 신부에게 작별 인사를 하면서 은근한 목소리로 물었다.

"신부님, 오늘 같이 흥겨운 밤에는 아내와 함께 주무시겠군요?"

"아닙니다. 나스루딘, 저희들은 결혼할 수 없다는 사실을 모르셨습니까?"

그러자 나스루딘은 혀를 차며 말했다.

"저런, 안타깝게도 신부님은 그것이 돼지고기보다는 훨씬 낫다는 걸 평생 모르시겠군요."

✤

그대가 어떤 사람을 사랑할 때, 그 사람은 너무도 아름다워서 혹은 너무나 정결해서 굴복하고 싶어질 것이다. 그러나 그것은 하나의 구실에 불과하다. 일단 굴복하면 그대는 자신이 어느 누구에 의해서도 구원받지 않고 오로지 스스로 굴복함으로써 구원받는다는 사실을 알게 될 것이다.

그대는 진정으로 굴복할 때만 이런 사실을 발견하게 된다. 그대여 명심하라. 우리를 구원하는 것은 사랑이며 굴복이라는 것을. 그대의 행복은 굴복으로 열중하는 가운데 솟아난다. 만일 그대가 누군가에게서 행복을 빼앗으려 한다면 곧 지옥으로 떨어지고 말 것이다.

사랑을 잊어라. 행복을 잊어라. 그럴 때 그대가 깊은 호흡으로 원하던 그것들이 자연스럽게 함께 할 것이다.

자의식은 결코 행복을 허용하지 않는다. 그것은 그대를 편협하게 만든다. 자아가 사라질 때, 자의식이 사라질 때 그대는 하늘처럼 넓은 세계를 얻을 것이다. 그 공간에서 행복의 화살이 도망칠 수 없는 비와 같이 쏟아져 내릴 것이다.

의혹과 싸우지 말라. 변화가 그 해답을 증명해 준다

    뮬라 나스루딘은 매우 넓은 과수원을 가지고 있었다. 그런데 매일같이 동네 아이들이 사과를 따 가기 위해 과수원 담을 넘어 숨어 들어왔다. 그때마다 나스루딘은 몽둥이를 들고 뛰쳐나가서는 아이들을 쫓아냈다. 하지만 아이들은 교묘한 방법으로 그의 감시망을 피하고는 사과를 따가곤 했다. 이런 모양을 지켜본 이웃 사람이 어느 날 그에게 말했다.

    "나스루딘. 저는 도무지 이해할 수가 없군요. 당신은 평소에는 조용하고 관대한 사람이 아닙니까? 그런데 아이들이 사과서리를 오면 왜 그렇게 험악해지십니까? 그냥 사과를 따 가도록 허락해 주십시오. 그 아이들이 사과를 가져가 보았자 얼마나 가져가겠습니까?"

그러자 나스루딘은 큰 소리로 웃으며 대답했다.

"그게 아니에요. 우리들 어렸을 때를 생각해 보세요. 만일 내가 아이들 뒤를 쫓으며 화난 목소리로 성내지 않는다면 아이들은 과수원에 흥미를 잃어 나타나지도 않을 거예요. 하지만 나는 그 아이들이 과수원에 계속 오기를 원하고 있거든요."

❖

마음에 의혹으로 가득한 사람은 결코 해답을 얻지 못한다. 묻지 않고서 어떻게 대답을 얻을 수 있을까? 그대는 이렇게 묻는다. 그것은 잘못된 생각이다. 아무런 질문도 없어야만 명확한 해답을 얻을 수 있는 것이다.

실로 묻지 않는 마음만이 해답에 도달할 수 있다. 보라. 만일 그대가 어떤 문제에 대하여 질문한다면 누군가가 해답을 줄 것이다. 하지만 그 해답은 그대에게 정답으로 받아들여지지 않는다. 단지 보다 많은 의혹을 일으킬 뿐이다. 묻는 마음은 끊임없이 묻는 마음이다. 그리하여 수레바퀴처럼 영원히 의혹의 길을 향해 굴러간다.

해답은 항상 그 자리에 있어 왔다. 하지만 그대는 너무나 많은 의문 때문에 그 해답을 수용할 수가 없다. 그대는 그것보다 항상 더 명확한 해답을 요구한다. 때문에 마음 속에 질문이 없는 것이 더 좋은 일이다.

사람들은 주변의 누군가가 질병으로 입원하면 자신도 의사의 진찰을 받아야 하지 않을까 고민한다. 그리하여 몸에 아무런 병의 징후가 없음에도 불구하고 병원을 찾아간다. 그들은 몸에 부스럼을 만들기 위해 자신의 살갗을 긁는 사람들이다. 그대여. 이처럼 애써 의문의 늪 속에 빠지지 말라.

참된 질문이란 너무 심오하여 말로 표현할 수 없다. 말로 표현되는 것은 지극히 일상적이며 가볍기 때문이다. 말은 껍데기일 뿐이다. 그러나 아무런 질문도 없지만 심장의 고동과 같은 추구가 있는 마음의 상태가 있다.

그대는 그것을 분명히 느낀다. 하지만 무엇인지 알진 못한다. 만질 수도 볼 수도 없는 가슴의 진동, 그 순간 그대는 바로 질문 자체가 된다. 그러므로 질문은 보이지 않는다.

그대의 존재 전체가 하나의 질문, 하나의 추구, 목마름, 굶주림이 된다. 그럴 때 그 자리에 존재하고 있던 대답을 받아들일 수 있다. 그것은 실로 대답이 아니라 자신의 인식이다.

그대에게서 질문이 나온다면 그것과 싸우려 하지 마라. 마음은 항상 그릇된 일을 하도록 유혹한다. 그것은 그대를 사로잡고 곧 미치게 만들 것이다.

어떻게 그것을 제거할 것인가? 한 가지 질문을 던지면 열 가지의 질문이 고개를 든다. 열 가지의 질문을 던지면 백 가지의 질문이 일어난다. 이 과정은 무한히 계속된다. 얼마나 우스운 꼴인가. 얼마나 절망적인 꼴인가.

어느 한 순간 그대가 이러한 우스꽝스러운 사실을 깨닫는다면 더이상의 의문이 일어나지 않게 된다. 질문과 싸우는 것이 아니라 자신의 마음의 패턴을 이해해야 한다는 것이다. 그러한 이해를 통해 의문은 사라진다. 이 과정은 은총과도 같다. 그렇다. 어느 날 그대는 마음의 기능을 알게 되고 그것을 통해 초월할 수 있게 된다.

그렇게 되면 그대에게는 어떠한 질문도 남아 있지 않게 된다. 단지 깊은 정열만이 그대의 의식을 휘감고 돈다. 그대의 의식 전체가 하나의 의식이 되고, 그 강렬함 속에서 뭔가가 증발하고 변화한다. 그 변화가 그대에게 어떤 해답을 가져다줄 것이다.

지식은 한 마리의 암탉이다

가을이 다가오고 있었다. 뮬라 나스루딘의 마을에는 제비들이 많았는데 어느 날 갑자기 모두가 남쪽으로 날아가 버렸다. 쓸쓸한 바람이 온 마을을 휩쓸고 지나갔다. 오랫동안 제비들과 수다를 떨며 재미있는 시간을 보냈던 양계장의 암탉 한 마리가 이렇게 중얼거렸다.

"나도 내년에는 제비들을 따라 남쪽으로 가야지."

해가 바뀌어 봄이 오자 제비들이 다시 돌아왔다. 그리고 또 다시 계절이 흘러가 가을이 되었다. 제비들이 곧 남쪽으로 떠날 것을 알아차린 암탉은 그들의 뒤를 쫓을 준비를 하였다. 그런데 어느 날 아침 문득 제비들은 북쪽에서 불어온 신비한 바람을 가슴 가득히 안고 하늘로 솟구쳤다. 그리고 금방 까마득한 점이 되어 멀리 남쪽 하늘로 사라져버렸다. 그 광경을 지켜본 암탉은 소리쳤다.

"아아, 저 바람의 위대함을 보라."

그러면서 암탉은 양계장을 뛰쳐나가 바람을 안고 달리기 시작했다. 어디가 끝인지 모를 마을의 바깥쪽을 향해 그는 한없이 나아갔다.

저녁 무렵 암탉은 지친 모습으로 양계장에 돌아왔다. 그리고 그는 남아있던 동료들에게 길가에 피어 있던 아름다운 장미와 커다란 정원과 정원사들, 초원에서 풀을 뜯고 있는 양떼들, 남쪽으로 끝없이 이어져 있는 큰 길 등을 이야기해 주었다. 동료들은 그의 이야기에 넋을 잃고 귀기울였다. 이렇게 해서 잠시 길에서 벗어나 헤매기만 했던 그 암탉은 양계장에서 유일하게 아는 자가 되었다. 성스러운 존재가 되었다.

또 다시 해가 바뀌어 제비들이 돌아왔다. 제비들은 그들이 본 바다와 신기한 나무들에 대하여 닭들에게 말해 주었다. 하지만 닭들은 들은 체도 하지 않았다. 오히려 이렇게 큰소리를 치는 것이었다.

"너희들의 이야기는 믿을 수가 없어. 우리에게는 실제로 남쪽에 다녀온 우리 암탉님의 이야기가 더 신빙성이 있단 말야."

❖

지식이란 이 암탉과 같다. 그것은 아무리 애를 써도 마을을 벗어날 수가 없다. 그가 길을 잃고 헤매다가 문득 발견한 많은 것들은 거꾸로 그를 구속한다. 그것은 깨달음의 방해물일 뿐이다. 그러므로 그대여, 서툰 지식을 버려라. 그래야만 제비들과 함께 남쪽으로 갈 수가 있다.

　죽음만이 깨달음의 출발점이다. 그 곳에서 그대의 에고는 녹아 없어진다. 마음이 사라진다. 비본질적인 모든 것이 사라지고 순수한 그대만이 남는다.

　죽음으로써 그대는 도를 알고 길 없는 길을 알 수 있다.　사랑도 죽음의 길이다. 삶도 죽음의 길이다. 그러므로 죽음은 히말라야의 가장 높은 봉우리이다. 그것은 그대가 알고 있는 섹스의 봉우리와는 비교할 수조차 없다. 섹스는 탄생의 기슭일 뿐이다.

　죽음은 정상이며 섹스는 시작이다. 그 사이에 삶의 이야기들이 널려있음을 알라. 그대의 의식 속에 죽음이 눈 뜰 때만이 그대는 수레바퀴를 뛰쳐나올 수 있다.

구부려라. 그것이 실을 보는 방법이다

물라 나스루딘이 늙은 랍비에게 물었다.

"스승이시여. 과거에는 사람들이 신과 함께 하는 삶을 살았다고 합니다. 그들은 신과 이야기하고 신은 지상에 거하면서 사람들의 이름을 불러주었다고 합니다. 그런데 왜 신은 사람들을 버렸을까요? 왜 신은 지상에 거하지 않습니까? 왜 신은 어둠 속에서 방황하는 사람들의 손을 잡아 인도해 주지 않는 걸까요?"

그러자 랍비는 그를 조용히 응시하면서 말했다.

"그대여. 신은 아직도 지상에 거하시느니라. 다만 사람들이 그를 볼 수 있도록 낮게 구부리는 법을 잊고 있을 뿐이다."

인간은 신과 멀어져 버렸다. 그것이 신의 책임이라고 사람들은 원망하곤 한다. 하지만 그들은 자신을 바라보지 못하고 있다. 신은 그대와 함께 살고 있다. 신은 아직도 그대에게 손을 내밀고 있다. 그런데 그대는 그를 보지 못하고 있을 뿐이다. 고개를 들어 더욱 높은 곳에서만 그대는 신을 찾으려 한다.

신은 그대의 시선보다 낮은 곳에 산다. 때문에 경건한 그대의 눈은 낮아져야 한다. 낮은 곳을 바라보라. 신은 가난한 마음의 구부정한 허리쯤에 있기 때문이다.

새 포도즐을 낡은 가죽부대에 넣지 말라

물라 나스루딘의 친구 중에 아름다운 정원을 가지고 있는 사람이 있었다. 그 정원은 사시사철 아름다운 꽃과 정원수, 그 위를 온갖 아름다운 나비와 벌떼들이 노닐었다.

나스루딘이 하루는 그의 집을 방문하였는데 친구의 일곱 살 난 딸이 정원에서 놀다가 집안으로 뛰어들어왔다. 나스루딘은 그 아이에게 물었다.

"얘야. 너는 어디에 갔다 오는 거니?"

"밖에요."

"밖에? 그래, 밖에서 무엇을 했는데……."

"아무것도 하지 않았어요."

나스루딘은 아이가 거짓말을 하고 있다고 생각했다. 그래서 친절한 표정을 지으며 말했다.

"그게 아닌데? 너는 정원에서 꽃을 꺾고 나비를 쫓으며 놀았잖아?"

그러자 아이는 정색을 하고 대답했다.

"아저씨, 그러니까 제가 아무것도 하지 않은 거죠. 그걸 어떻게 말로 설명할 수 있겠어요. 그 신비로운 내음을 말이에요."

❖

그렇다. 아이는 아무것도 그대에게 설명할 수 없다.

정원에 흐르는 공기, 발바닥을 간지럽히는 잔디의 감촉, 이슬방울, 따사로운 햇빛, 나비의 팔랑거림……, 그대는 아무것도 들을 수가 없다. 기실 누군가 설명한다 해도 그대는 알 수 없을 것이다. 왜냐하면 스스로 느끼지 않았으므로…….

삶은 신선해야 한다. 결코 아는 자가 되지 말라. 언제까지나 배우는 자가 되라. 마음의 문을 닫지 말고 항상 열어 두라. 항상 무지하라. 여태까지 쌓인 지식을 던져 버려라.

어린아이들은 신비를 본다. 그들은 설명하지 않는다. 그것이 핵심이다. 어린아이처럼 순진한 상태, 그것만이 그대가 삶을 충만하게 사는 길인 것이다.

그대 자신을 제물로 바쳐라

물라 나스루딘에게 스승이 돌멩이를 하나 주며 말했다.

"이것을 팔려고 하되 팔지는 말아라."

이 말을 들은 나스루딘은 그 돌멩이를 하나 들고 시장에 갔다. 수많은 사람들이 그를 보고 비웃었다. 그런데 어떤 사람이 그 돌멩이를 보고 값이 얼마냐고 물었다. 나스루딘이 아무 말이 없자 그는 10루피를 주겠다고 말했다. 나스루딘은 고개를 흔들었다. 그러자 갑자기 사람들이 모여들었다. 그들은 돌멩이에 흥미를 느낀 듯 서로 값을 높게 부르기 시작했다.

"5천 루피를 주겠소."

"아니, 내게 파시오. 만 루피면 되겠소?"

"그러지 말고 내게 파시오. 20만 루피를 주겠소."

그러나 나스루딘은 그 돌멩이를 들고 일어서며 말했다.

"나는 팔 수 없습니다. 단지 시세를 알아보러 여기 나왔을 뿐이오."

나스루딘이 집으로 돌아오자 스승은 그를 보고 말했다.

"알겠느냐. 네가 어떤 사물을 제대로 볼 수 있다면 그 값어치 역시 네 마음먹기에 달려 있다는 것을……."

❖

모든 존재는 신비롭다. 오로지 눈 먼 사람들에게 신비가 보이지 않을 뿐이다. 그대의 안으로 들어가면 들어갈수록 더욱 더 신비로워진다.

그 깊이에는 바닥이 없는 심연이다. 그대가 가면 갈수록 그 빛깔과 향기는 더욱 진한 신비로움을 발휘한다. 그대는 아직 신비의 의미조차 깨닫지 못했다. 삶의 환희를 구경조차 하지 못했다.

등불을 들고 다니는 이유

물라 나스루딘이 찻집에서 자신의 능력을 떠벌이고 있었다.

"나는 눈이 밝아 캄캄한 길도 잘 다닐 수 있습니다."

그 말을 들은 한 사람이 물었다.

"그런데 왜 당신은 밤중에 등불을 들고 다니는 겁니까?"

"그건 눈이 어두운 사람들이 밤길에 허둥대다가 나와 부딪칠까 걱정되서 그러는 겁니다."

빛과 어둠은 적이 아니라 동지다. 그들은 행복하게 세상을 반으로 갈라 지배한다. 때문에 그대가 들고 있는 등불은 어둠을 잠시 밝힐 수는 있지만 이길 수는 없다. 다만 보이지 않는 길을 알려줌으로써 진정한 어둠, 그대의 안식처인 집으로 돌아가도록 하는 것이다.

그 어둠 속에 그대의 아내와 가족과 재산과 땅이 잠들어 있다. 그들과 함께 편안한 안식을 취하라. 더 이상 등불의 깜박이는 불빛은 필요가 없다. 아침이면 또 다시 해는 떠오르고 그대는 일상에 젖어들게 된다.

그렇게 우리는 또 어디론가 가고 있다. 지극한 어둠, 지극한 빛의 세계. 그대의 생명을 받아들이는 바로 그곳이다. 그 때를 위하여 허둥대지 말라. 다만 웃으며 세상 사람들을 바라보라. 그들과 행복한 동반자가 돼라.

도란 길 없는 길이다. 그것은 길과 목적지가 하나임을 의미한다. 만일 그대가 길 위에 있다면 그대는 이미 목적지에 도달한 것이다. 이것이 바로 도의 아름다움이다. 길과 목적지는 따로 떨어져 있지 않다. 여행과 목적이 일치하고 있기 때문이다.

그대가 길 위에 있다면 그대는 분명 목적지에 도달한 것이다. 이것이 바로 도의 의미이다. 도는 길을 의미한다. 그 외에는 아무것도 아니다.

선의 십우도라는 열 개의 그림이 중국에서부터 전해지고 있다. 열

마리의 소, 하지만 마지막 열 번째 그림에는 소가 없다. 그대는 이유를 무엇이라고 생각하는가.

첫 번째 그림에서는 한 사람이 잃어버린 소를 찾아 헤맨다. 그리하여 그는 깊고 울창한 숲을 보았으나 소의 자취를 찾을 수가 없었다.

두 번째 그림에서 그는 소의 발자국을 발견한다.

세 번째 그림에서 그는 나무 뒤에 숨은 소를 보지만 소의 뒷면만을 볼 수 있을 뿐이었다.

다음에 그는 소의 뿔을 보고 소를 붙잡는다. 그는 소를 타고 그의 집으로 돌아온다. 소는 마침내 자신의 외양간에 들어간다. 맨 마지막 그림에서 그 사람은 집 밖에 앉아 피리를 불고 있다.

그렇다. 아홉 개의 그림은 리허설일 뿐이었다. 오로지 열 번째 그림만이 참 의미를 지니고 있다. 보라. 잃어버린 소를 찾아 외양간에 넣어두고 밤을 즐기기 위해 주막으로 가는 주인의 모습은 어떠한가. 그것은 엑스타시이다. 취함이다. 그것이 그대의 본성이다. 그대는 노래할 수 있고 향유할 수 있다. 그것은 다함이 없는 풍경이다.

그대여. 서둘러서는 결코 진리에 가까이 다가설 수 없다. 인내는 진리를 위한 기본 조건이다. 인스턴트 커피와 같은 것이 아니며, 통조림처럼 진공 포장되어 주어지는 것 역시 아니다.

그러므로 보라. 그대가 궁구해야 할 진리는 미리 만들어진 것이 아니다. 누군가 그대에게 바치는 것은 더더욱 아니다. 그것은 그대 안에서 서서히 익어 가는 보석 같은 것이다.

이제 그대는 더욱 더 사랑할 것이며 더욱더 아름답게 살 것이다.
그대는 맛으로 음식을 먹을 것이며 손가락의 섬세한 감촉으로 무
엇인가를 만질 것이다. 그대 귀에 들려오는 노래를 참된 가슴으로
맞이하게 될 것이며 세상의 미를 바라볼 수 있게 될 것이다.
그대의 육체는 바로 그 통로이며 전부가 되었다.
이제 삶은 예전과는 전혀 다른 빛을 흡수하게 되었다.
그대의 삶은 참으로 화려하고 황홀하다.

눈에서 멀어지면 마음도 멀어진다

초 판 제1쇄 발행   2000년 4월 25일
개정판 제1쇄 발행   2003년 12월 17일

엮은이   이상각
펴낸이   이의성
펴낸곳   지혜의 나무

주소   서울시 종로구 관훈동 198 – 16 남도빌딩 3층
전화   02– 730 – 2211
팩스   02– 730 – 2210

등록번호   제 1– 2492

1999ⓒ 이상각
ISBN   89 – 89182 – 15 – 8   03810

값은 뒷표지에 있습니다.
잘못된 책은 바꾸어 드립니다.
이 책의 무단 전재 또는 무단 복제 행위는 법률로 금하고 있습니다.